GRANDS TEX
de la littérature qué
Collection sous la di
François Hébert

LA MAISON HANTÉE ET AUTRES CONTES FANTASTIQUES

LOUIS FRÉCHETTE

Textes explicatifs et appareil
pédagogique établis par
LUC BOUVIER,
professeur de français
au collège de l'Outaouais.

LES ÉDITIONS
CEC
QUEBECOR MEDIA

Directeur de l'édition
Alexandre Stefanescu

Directrice de la production
Lucie Plante-Audy

Directeur de la publication
Pierre Desautels

Réviseure
Monique Michaud

Correctrice d'épreuves
Audette Simard

Conception et réalisation graphique

Page couverture
Conception et réalisation graphique : Michel Allard

Consultant
Jacques Lecavalier, professeur de français
au collège de Valleyfield

© 1996, Les Éditions CEC inc.
8101, boul. Métropolitain Est
Anjou (Québec) H1J 1J9

Dépôt légal : 2e trimestre 1996
Bibliothèque nationale du Québec
Bibliothèque nationale du Canada

ISBN 2-7617-1333-8
Imprimé au Canada
   3 4 5 6 7   08 07 06 05 04

TABLE DES MATIÈRES

L'AVIS D'UN CONNAISSEUR

Louis Fréchette est indéniablement le meilleur conteur du XIXe siècle en même temps que le plus prolifique. S'il a tâté de plusieurs genres, c'est dans le conte qu'il est le plus à l'aise et qu'il fait la preuve de son immense talent. Contrairement à ce qu'il a toujours souhaité, la postérité n'a pas retenu ses recueils de poèmes ni ses pièces de théâtre, dont les spécialistes font à peine allusion dans les dictionnaires et dans les répertoires bibliographiques. On lit encore avec beaucoup de plaisir, un siècle après leur publication, ses contes qui lui ont assuré la renommée, en particulier *Originaux et Détraqués*, quelques contes fantastiques de *La Noël au Canada* ou de *Masques et Fantômes* et, surtout, les *Contes de Jos Violon*. Ce conteur populaire incomparable, qu'il a connu dans son enfance, demeure un témoin privilégié d'une époque révolue, celle de la société traditionnelle et de la vie dans les chantiers qu'il parvient à faire revivre sous nos yeux par sa verve et par son attachante personnalité, comme tout bon conteur qui se respecte, grâce à la plume... de Fréchette conteur.

Ses contes et récits, Fréchette les a d'abord écrits pour divertir ses lecteurs, mais aussi, et voilà qui est paradoxal pour un ardent libéral comme lui, pour susciter la réflexion. Car, tous ses contes, y compris ceux de Jos Violon, renferment une leçon morale qu'il livre, tantôt de façon explicite, tantôt de façon implicite, dans une langue imagée et populaire, qui n'en est pas moins riche et agréable. Vivement les contes de Fréchette qui témoignent de la richesse de l'imaginaire des conteurs québécois, tant à l'oral qu'à l'écrit !

Aurélien Boivin
Professeur titulaire
Département des littératures
Université Laval (Québec)

PRÉSENTATION

Né le 16 novembre 1839, au lendemain des Troubles de 1837-1838, et mort au début du XXe siècle, le 31 mai 1908, Louis Fréchette est bien de son siècle, le XIXe. Il en a épousé avec ferveur les idées progressistes et les a défendues avec intrépidité. Dans la lutte incessante qui met aux prises les tenants du Progrès et ses opposants, la Réaction, il est de tous les combats et ferraille avec zèle, malgré le prix à payer en attaques de toutes sortes. À l'ultramontanisme, dont il dénonce les conséquences néfastes dans, entre autres ouvrages, les *Lettres à Basile* (1872), il répond par le libéralisme. À la monarchie, qu'il décrie dans sa *Petite Histoire des rois de France* (1883), il réplique par le républicanisme. Au cléricalisme, tout spécialement en éducation, qu'il attaque dans *À propos d'éducation* (1893), il souhaite substituer le laïcisme. À la pensée magique, il riposte par le positivisme. Sur le plan politique, il prône le libéralisme, qui trouve sa source dans les idées défendues par Louis-Joseph Papineau et les Patriotes de 1837-1838 dans leur lutte pour l'émancipation du peuple québécois. Sur le plan littéraire, il prend fait et cause pour le romantisme, alors même que le classicisme reste la seule voie acceptable pour l'institution littéraire québécoise de l'époque. Pour elle, en effet, comme l'affirme Adjutor Rivard, en 1891, « la littérature canadienne n'a pas de base [parce que] encore au berceau, elle est tombée en plein romantisme et jamais l'étude du dix-neuvième siècle ne sera le fondement d'une organisation littéraire[1] ».

À l'image de Victor Hugo (1802-1885) qui a marqué le XIXe siècle français sur les plans politique et littéraire, et qu'il rencontre lors d'un voyage en France à l'été 1880, Louis Fréchette rêve de laisser une trace indélébile sur le XIXe siècle québécois. Dans leur pays respectif, tous deux participent activement aux luttes politiques de leur temps. Comme Hugo à Jersey et à Guernesey, Fréchette s'exile à Chicago. Tous deux publient un pamphlet politique en vers, le premier contre Napoléon III, *Les Châtiments* (1853), le second, *La Voix d'un exilé* (1867-1869), contre la Confédération canadienne. À *La Légende des siècles* (1859-1883) de Victor Hugo, Fréchette répond, à une autre échelle, par *La Légende d'un peuple* (1887). L'un en France, l'autre au Québec, ils sont des figures incontournables du romantisme.

Pour Fréchette, sa poésie et ses pièces de théâtre sont les parties les plus importantes de son œuvre, celles qui doivent lui assurer une certaine immortalité. C'est dans elles qu'il s'investit. Il publie plusieurs recueils de poèmes, *Mes loisirs* (1863), *Pêle-mêle* (1877), *Les Oiseaux de neige* (1879), entre autres, et écrit plusieurs pièces de théâtre, *Félix Poutré* (1862), *Papineau* (1880), *Véronica* (1903), par exemple. Ses contemporains lui donnent raison et, après l'obtention en 1880 de l'un des prix Montyon de l'Académie française, ils le reconnaissent comme leur

---

[1] *Dictionnaire des œuvres littéraires du Québec*, Tome 1, Montréal, Fides, 1980, p. xxv.

poète national, en remplacement d'Octave Crémazie mort en exil, au Havre, le 16 janvier 1879.

La postérité juge bien différemment son œuvre poétique. Rapidement ses poèmes tombent dans l'oubli. Quelques traces en subsistent dans les anthologies où *La Découverte du Mississippi*, peut-être son poème le plus célèbre, revient comme un leitmotiv. Comme le dit François Ricard, « l'ironie de cette balle de ping-pong qu'on appelle la postérité est telle et si imprévisible qu'aujourd'hui, à n'en pas douter, [...] la prose de Fréchette – ses contes et ses *Mémoires intimes* – nous touche beaucoup plus et nous semble beaucoup plus vivante que sa poésie, et il ne serait pas étonnant de voir, dans l'avenir, Fréchette étudié avant tout comme un conteur[2] ».

De son vivant Fréchette publie deux recueils de portraits et de contes. Un troisième reste à l'état de projet. Titré *Masques et Fantômes*, il devait paraître en 1892 et comprendre 21 contes qui seront finalement publiés dans divers journaux et revues de l'époque. *Originaux et Détraqués*, des portraits, paraît en 1893, d'abord dans la revue libérale *Canada-revue*, puis en recueil. Publié en anglais en 1899 sous le titre *Christmas in French Canada*, *La Noël au Canada* paraît en français l'année suivante. Finalement, un certain nombre d'autres contes sont publiés dans divers journaux et revues sans être associés à un projet d'édition en recueil. Avec ses contes, Fréchette participe au mouvement de récupération des légendes canadiennes amorcé en 1861 à l'instigation de la revue

---

[2] François Ricard, « La liquidation de l'héritage populaire », *Le Devoir*, 9 avril 1977.

Les Soirées canadiennes : « [...] soustraire nos belles légendes à un oubli dont elles sont plus que jamais menacées ». Dans la même veine, il devient membre de l'Association of Folklore et donne des conférences sur le folklore québécois, comme celle du 21 avril 1900 à l'Université de Toronto.

Avec les portraits d'*Originaux et Détraqués*, les contes fantastiques, regroupés surtout dans *Masques et Fantômes*, sont fort probablement les meilleurs de Fréchette. Cette édition regroupe 11 contes fantastiques : les 7 premiers sont tirés du recueil projeté *Masques et fantômes* ; 2 autres, *Titange* et *Le loup-garou*, du recueil *La Noël au Canada* ; et 2, *Coq Pomerleau* et *Le diable des Forges*, ont paru dans des journaux ou revues de l'époque. Ils ont été retenus parce que dans chacun « se manifeste un être ou un phénomène surnaturel quelconque, vrai ou faux, accepté ou expliqué[3] ». À propos de ces contes qu'il appelle *surnaturels*, Aurélien Boivin affirme à juste titre qu'ils « relèvent tous du fantastique et [qu'ils] en respectent toutes les lois[4] ».

---

[3] Aurélien Boivin, *Le Conte fantastique québécois au XIXe siècle*, Montréal, Fides, 1987, p. 8.

[4] *Ibid*, p. 7.

SA VIE	SON ŒUVRE	À LIRE
• Naît le 16 novembre 1839, à Lévis.	• *Felix Poutré* (1862), première pièce de théâtre, suivie de *Papineau* (1880), *Véronica* (1903).	• *Originaux et Détraqués* (1893), réédition 1992.
• Mort de sa mère, Marguerite Martineau (7 juillet 1863).		• *Masques et Fantômes*, édition 1976.
• Fait des études classiques dans divers collèges et son droit à l'Université Laval (1854-1864).	• *Mes loisirs* (1863), premier recueil de poèmes, suivi de *Pêle-mêle* (1877), *Les Oiseaux de neige* (1879), *La Légende d'un peuple* (1887), *Feuilles volantes* (1890).	• *La Noël au Canada* (1900), réédition 1980.
		• *Satires et polémiques*, édition 1993.
• S'exile volontairement à Chicago d'où il attaque violemment la Confédération (1866-1871).		• *Mémoires intimes*, édition 1977.
• Fait de la politique active et devient député libéral fédéral de Lévis de 1874 à 1878.	• *La Voix d'un exilé* (1867-1869), première polémique, suivie de *Lettres à Basile* (1872) contre l'ultramontanisme et Adolphe-Basile Routhier, *Petite Histoire des rois de France* (1883) contre la monarchie, *À propos d'éducation* (1893) contre le cléricalisme et Frédéric-Alexandre Baillargé.	
• Se marie avec Emma Beaudry (10 juillet 1876) dont il aura Louis-Joseph, Jeanne, Louise, Charles-Auguste et Pauline.		

SA VIE	SON ŒUVRE	À LIRE
• Couronnement de son œuvre poétique, il obtient en 1880 l'un des prix Montyon de l'Académie française. • À partir de 1893, ses polémiques contre les ultramontains se succèdent et leurs attaques contre son œuvre poétique sont de plus en plus virulentes. • Prépare une édition de ses œuvres complètes ; en 1904, 16 volumes sont prêts. • De douloureuses crises de rhumatisme (depuis 1893) et la neurasthénie (1906) l'affligent. • Meurt d'une crise d'apoplexie le 31 mai 1908.	• *Originaux et Détraqués* (1893), recueil de portraits. • *La Noël au Canada* (1900), recueil de contes. Publication de centaines d'articles (polémiques, critiques littéraires, chroniques linguistiques, contes, portraits, récits de voyages) dans les revues et journaux libéraux de l'époque dont *La Patrie, Canada-revue, L'Opinion publique, Le Nationaliste,* etc.	

ATTENTION À...

- Avant tout, prenez plaisir à lire ces contes de Louis Fréchette. Il faut non seulement les lire avec plaisir, mais aussi les lire pour le plaisir.

- Louis Fréchette est un écrivain québécois du XIXe siècle. C'est donc la société de cette époque qu'il met en scène. Lire ses contes permet de mieux la connaître et de faire un parallèle avec la société québécoise de la fin du XXe siècle. Par cette opération, l'une et l'autre s'éclairent, deux fins de siècle se mirent : la télévision a remplacé les veillées de contes ; l'automobile le berlot ; le cégep le collège classique, et ainsi de suite.

- Le fantastique est l'intrusion du surnaturel dans le réel. Pour chaque conte, comparez le fantastique fréchettien à celui de votre époque, que ce soit à la télévision, au cinéma, dans la chanson, dans les romans d'horreur, etc. Si vous pensez que le loup-garou de vos arrière-arrière-arrière-grands-parents n'a pas d'allure, pensez au succès de *Loup* de Mike Nichols, avec Jack Nicholson dans le rôle du lycanthrope (1994).

- Dans les contes de Fréchette, l'humour est très présent. Il y a bien sûr le parler québécois populaire de certains de ses conteurs, tout spécialement Jos Violon, qui crée une note comique à cause, par exemple, des jeux de mots et des images naïves. Mais le comique ne s'arrête pas là ; il est présent dans le comportement des personnages, dans l'inversion des situations, dans l'utilisation des sobriquets. L'ironie et l'humour ont permis aux contes de Fréchette de bien vieillir.

- Fréchette aime à reproduire le langage de certains de ses conteurs, à leur faire utiliser le parler populaire québécois de la seconde moitié du XIXe siècle. Cela demande plus de vigilance de la part du lecteur qui doit remettre le texte dans un français québécois standard pour bien comprendre. Faites attention aux diverses transformations phonétiques (« chanquier » pour « chantier », « surbroquet » pour « sobriquet », et des centaines d'autres), morphologiques (conjugaison des verbes) et lexicales (anglicismes et québécismes).

La maison hantée et autres contes fantastiques

LA CEINTURE DE MON ONCLE[1]

À Lévis, le long du fleuve, à environ une demi-lieue en
amont de l'église Notre-Dame, au pied des hautes falaises couronnées de pins qui s'avancent en promontoires
dénudés ou se creusent en anses pittoresquement om-
5 breuses, côte à côte avec les rails du Grand-Tronc et de
l'Intercolonial[2], et suivant les sinuosités de l'escarpe-
ment, s'allonge une route bordée de maisonnettes dont
la double rangée se brise, par-ci par-là, pour faire place
à quelques gracieux cottages et même à d'assez luxueu-
10 ses villas, encadrées dans la verdure.

Sur une longueur d'à peu près un mille, cette route s'appelait autrefois les Chantiers.

J'ai passé là ma première jeunesse, ou plutôt mon enfance, car j'en suis parti à l'âge de dix ans – pour, hélas !
15 pérégriner[3] un peu toute ma vie, à la recherche de la
branche où la Providence me réservait de bâtir définiti-
vement mon nid.

Au point où s'élevait notre demeure, à moitié dérobée
sous le dôme ogival de grands ormes chevelus, le che-
20 min bifurquait – chemin d'hiver et chemin d'été – pour
aller se rejoindre un peu plus haut, laissant, à quelques
centaines de mètres de chez nous, un espace intermé-
diaire où les grandes marées du printemps et de l'automne poussaient des amas de copeaux et de longs es-
25 pars[4], pêle-mêle avec de vieilles souches, des débris de

---

[1] *Le Monde illustré*, 12 mars 1898, p. 726-727. La référence
fournie est celle de la dernière parution du vivant de Fréchette.
[2] Compagnies de chemin de fer qui formeront le Canadien national.
[3] Voyager.
[4] Pièce de bois d'un bateau.

trains de bois et autres épaves, qui pourrissaient là sous la pluie, la neige et le soleil.

Tout vis-à-vis, le rocher abrupt – le Cap, comme nous l'appelions – se déboisait et montait à pic, menaçant et
30 nu, jusqu'à sa cime, où, parmi les broussailles, des troncs secs et rabougris surplombaient dans le vide.

Ce lieu était tragique.

Le souvenir d'une catastrophe s'y rattachait.

Un jour d'hiver, pendant que sa mère était allée quérir
35 un seau d'eau à la fontaine voisine, un enfant de deux ans y avait été enseveli sous les décombres d'une maison écrasée par une avalanche.

La maison avait été rebâtie ailleurs, mais l'emplacement, où des restes de construction se voyaient encore, avait
40 gardé mauvaise réputation.

Ceux qui passaient là, le soir, faisaient un détour, ou tout au moins ne pouvaient s'empêcher de hâter singulièrement le pas.

Dame, il y avait de quoi.
45 Quand la nuit était bien opaque, on voyait là, disait-on, une chose extraordinaire.

Un petit cercueil d'enfant, avec un cierge allumé, qui apparaissait tout à coup, et s'évanouissait de même.

Le curé, à qui l'on avait rapporté le fait, s'était mis à rire.
50 Mon père aussi. Mais nombre de personnes, qui paraissaient sincères et qui passaient pour dignes de foi, affirmaient la chose avec tant de persistance que cela me donnait à songer.

On avait beau les traiter de fous et d'illuminés ; on avait
55 beau se moquer de leurs « imaginations chimériques »,

ma propre imagination aidant, je n'étais pas sans avoir mes doutes, et sans me promettre à part moi d'être un jour – ou plutôt une nuit – assez hardi pour les éclaircir. L'occasion s'en présenta bientôt.

60 Ce fut un oncle à moi qui me la fournit toute faite, et je m'empressai de la saisir aux cheveux.

Cet oncle était un brave garçon de dix-huit à dix-neuf ans, qui achevait ses études au petit séminaire de Québec[5], et qui grâce à sa bonne nature, à son caractère

65 jovial, à son talent pour la musique et la chansonnette, jouissait dans ma famille d'une popularité aussi générale que bien méritée.

À mes yeux surtout, l'oncle Fortunat était un de ces êtres supérieurs et exceptionnels devant qui l'humanité tout

70 entière n'avait qu'à s'incliner.

Tête bouclée, beau, fort, habile à tous les jeux, dessinant un chien, une vache ou un cheval en deux coups de crayon, flûtiste sans pareil, savant – oh savant ! il parlait latin et pouvait dire combien de jours contenait chaque

75 mois de l'année, rien qu'à se tâter les joints – il était pour moi une espèce de dieu sur un signe de qui j'aurais mangé du fer rouge ou enfoncé ma tête dans la gueule d'un tigre.

En outre, son uniforme de collégien me jetait dans

80 l'extase.

La redingote bleue à nervures blanches – le *capot*, comme cela s'appelle dans les collèges – était pour moi un sujet d'admiration sans borne ; et je ne touchais qu'avec respect à la longue frange soyeuse qui flottait au

85 nœud de son ceinturon vert.

---

[5] Collège classique, fondé en 1668, équivalant au secondaire et
　　au collégial actuels.

Ce ceinturon vert, plus que tout le reste, m'éblouissait.

De temps en temps, l'oncle venait passer un jour de congé auprès de sa sœur – qui était ma mère.

Ce jour de congé représentait pour moi l'idéal du
90 bonheur.

J'aurais eu les cent yeux d'Argus[6], que je n'en aurais pas eu assez pour contempler ce personnage incomparable dont j'avais l'honneur d'être le neveu.

Or, dans la circonstance dont il s'agit – par quel hasard,
95 je n'en sais rien ; c'était peut-être pendant les vacances – la visite, à ma grande délectation, avait duré toute une semaine.

Jugez de mon ravissement.

Un soir, nous étions tous autour de la table de la salle à
100 manger, où, le couvert enlevé, l'oncle exécutait, avec un paquet de cartes à jouer, des tours de passe-passe qui n'étaient pas loin de lui faire une réputation de véritable sorcier, lorsque Pierre, le cocher, entra dans la pièce comme une trombe.

105 — Monsieur ! monsieur ! s'écria-t-il en s'adressant à mon père ; monsieur ! je l'ai vu comme je vous vois !... Oui, le cercueil !... avec le cierge !... Là-bas, oui ; sur l'emplacement de la vieille maison... Monsieur, ne riez pas ; non !... je veux mourir tout de suite si je mens !...
110 Vrai, je l'ai vu... avec une grande femme blanche à genoux... Mon Dieu ! mon Dieu !

Et le pauvre diable était là, tremblant comme une feuille, à bout d'haleine, une pâleur mortelle sur la figure, marchant autour de la table en répétant sur un ton et avec
115 un air de sincérité dont je me souviens encore :

---

[6] Géant mythologique aux cent yeux dont cinquante restaient toujours ouverts.

— Je l'ai vu ! je l'ai vu !... Allez-y, et vous le verrez vous-même !

— Pierre, dit mon père, d'où veniez-vous quand vous avez vu cela ?

120 — De chez M. Nolet.

— Vous y avez bu un coup de trop ; allez vous coucher ! Nous éclatâmes de rire, naturellement.

Pierre se retira en balbutiant :

— J'ai hâte que mon mois soit fini ; c'est pas de sitôt
125 qu'on me reprendra à m'engager dans des cantons pareils !

Il serait oiseux de rapporter ici les réflexions plus ou moins ironiques que fit naître ce burlesque incident, et dont le pauvre Pierre – qui, à dire le vrai, n'avait pas in-
130 venté la poudre – fut la victime.

Disons tout de suite que, deux heures après, je dormais comme tous les gosses de cet âge, les poings fermés, lorsque quelque chose légèrement appuyé sur mon épaule me fit asseoir sur mon lit.

135 Mon oncle était devant moi, une bougie à la main et un doigt sur la bouche.

— Louis, me dit-il tout bas, veux-tu venir avec moi ?

— Oui, répondis-je sans hésiter et en me frottant les yeux, où ça ?

140 — Voir ce cercueil !

Le mot me fit passer un frisson dans le dos ; mais, je l'ai dit, cette histoire m'intriguait et je désirais depuis long-temps en avoir le cœur net.

Je l'ai donné à entendre aussi, avec mon oncle je ne dis-
145 cutais pas.

En deux secondes, je fus habillé et prêt à le suivre.

Nous ouvrîmes une fenêtre avec toutes les précautions voulues ; et, nous aidant des pieds et des mains, nous nous échappâmes par la toiture d'un appentis[7] adossé à
150 la cuisine, sans trop nous préoccuper de savoir si nous pourrions revenir par le même chemin.

Au pied de ces hautes falaises boisées, la nuit est toujours épaisse ; mais le firmament s'éclairait de nombreuses étoiles ; et le Saint-Laurent était là, à notre droite, qui
155 nous envoyait ses miroitements et ses réverbérescences[8] vagues.

Sans y voir très clair, nous pouvions assez facilement distinguer les objets et nous orienter sans peine.

Un calme intense pesait partout.

160 Pas une brise ne bruissait dans la cime des arbres ; pas un souffle jaseur ne se faufilait dans l'enchevêtrement des ramilles[9].

Nous entendions même le chuchotement du fleuve, dont le courant se brisait à l'angle des quais et sur les
165 chaînes des estacades[10], avec de petits glouglous monotones très doux et très lointains.

Mon oncle était en tenue, soigneusement ceinturé ; et, à la lueur de la bougie que nous avions eu le soin d'éteindre avant de franchir la fenêtre, j'avais pu voir sa belle
170 tête rayonner d'audace et toute sa personne respirer cet air de crânerie imposante qui – on le dit du moins – caractérise les chercheurs d'aventures.

— Conduis-moi, fit-il, en me prenant par la main, et n'aie pas peur !

---

[7] Remise adossée à la maison.
[8] Réverbération, renvoi de la lumière.
[9] Branches supérieures d'un arbre.
[10] Barrage de billots.

175 Peur, quand mon oncle était là, allons donc ! J'aurais
défié, à ses côtés, tous les diables de l'enfer et tous les
spectres de la création.

— Marchons ! répondis-je.

En deux minutes nous fûmes sur les lieux, en face de
180 l'emplacement qu'avait occupé la maison fatale, et où
l'on voyait encore émerger de terre des restes de maçon-
nerie ayant fait partie des fondations.

Le premier coup d'œil nous cloua sur place.

Une sensation d'étranglement me saisit à la gorge ; un
185 frisson glacial me courut jusque dans la racine des cheveux ; je lâchai la main de mon oncle qui se crispait sous
la mienne, et, retenant un cri, je m'attachai désespéré-
ment à son ceinturon.

Nous avions devant les yeux quelque chose de terrifiant.
190 Le petit cercueil était là, noir, entre une lueur bleuâtre
qui paraissait être celle d'un cierge allumé, et la forme
d'une grande femme grise à genoux et penchée dans
l'attitude de la prière et de la désolation.

Un enfant de neuf ans pouvait frissonner à moins,
195 convenons-en.

— Il ne faut pas avoir peur, Louis ! me répéta mon oncle.

Et, m'entraînant tout droit vers la fantastique apparition :

— Tu vas voir, ajouta-t-il, ce que c'est que les fantômes
et les revenants !

200 Je m'étais laissé faire sans trop de résistance, tant ma
confiance en lui était puissante.

— Tiens, me dit mon oncle en riant, regarde ça, petit
fou !

Et il me mettait dans les mains un morceau de bois
205 pourri qui jetait une blanche lueur dans l'ombre.

— Le voilà, le cierge !... Et puis, tiens encore ; le voilà, le
cercueil !... Et la femme en prière, la voilà ! Es-tu satisfait ?
En même temps, il enfonçait son pied dans l'ouverture
noire d'un soupirail[11], qui avait exactement les propor-
210 tions d'une bière d'enfant, et qui trouait la muraille grise
à quelque dix-huit pouces du sol ; puis, d'un geste brusque, il attirait à nous une vieille voile de canot qu'on
avait accrochée au mur pour la faire sécher.

À mesure que je comprenais, mes nerfs se détendaient,
215 naturellement.

Tout à coup, j'éclatai de rire : je venais d'oublier ma propre frayeur pour songer à celle de Pierre, dont la figure
décomposée me revenait à l'esprit avec son expression
de terreur comique.

220 — Maintenant, à la maison ! me dit mon oncle. Que cela
te démontre une fois pour toutes qu'il ne faut jamais
croire à ces blagues de revenants et d'apparitions.

Et, frayant sa route à travers les décombres, il ajouta en
me serrant vigoureusement la main :

225 — Il ne faut jamais avoir peur, vois-tu ; jamais ! Il n'y a
que les imbé...

Il s'arrêta : un bruit de pas venait de se faire entendre
derrière nous.

Nous nous retournâmes.

230 Il n'y avait personne.

— As-tu entendu ? fit mon oncle.

— Oui.

— Des pas ?

---

[11] Ouverture dans le soubassement d'une maison.

— Oui.

235 — Bah, ce n'est rien, dit-il, en se remettant en route.

Mais il s'arrêta de nouveau.

Il n'y avait point à en douter, des pas s'emboîtaient derrière les nôtres.

Je ne songeais plus à Pierre, et je n'avais plus la moindre
240 envie de rire de sa figure bouleversée.

Mon oncle se retourna comme la première fois.

Je l'imitai.

Sur mon âme, on voyait parfaitement à plus de vingt
pas ; et – c'était renversant – il n'y avait rien, absolu-
245 ment rien.

Je sentis la main de mon oncle trembler légèrement sur
la mienne.

Il reprit sa marche néanmoins – pendant que, derrière
nous et tout près, l'effrayante chose invisible qui nous
250 suivait reprenait, elle aussi, sa marche sautillante à travers les brindilles de copeaux et les feuilles sèches.

— Louis, me dit mon oncle, avec une émotion qu'il
s'efforçait vainement de dissimuler, tu n'as pas peur ?

— Non.

255 — Il ne faut jamais avoir peur, tu sais ; jamais !

Instinctivement, toutefois, nous hâtâmes le pas.

Spectre ou non, ce qui nous suivait fit de même.

Alors, réellement affolés, nous prîmes notre course.

Horreur ! quelqu'un galopait sur nos talons.

260 Nous approchions de la maison heureusement ; mais, au
moment où nous allions toucher la porte, un cri d'épouvante folle, un cri d'indicible angoisse retentit dans la

nuit, et mon pauvre oncle s'affaissa comme une masse sur le seuil, m'entraînant avec lui dans sa chute.

265 Grand brouhaha dans la maison, comme on le pense bien.

Le cri avait éveillé mon père en sursaut. Il accourut, et stupéfait, nous releva tous deux plus morts que vifs.

— Vous êtes allés là, je parie... Et c'est donc vrai, mon
270 Dieu ! balbutia-t-il, la pâleur aux lèvres, en voyant notre effarement.

— Où est-il ? s'écria mon oncle en revenant à lui.

— Qui ?

— L'homme... la chose... enfin ce qui nous poursuivait !

275 — Ce qui vous poursuivait... ?

— Oui, le spectre !

— Allons donc !

— Devant Dieu, fit mon oncle : je ne mens pas, et je n'ai pas rêvé. Demandez plutôt à Louis.

280 — Oui, affirmai-je, quelqu'un d'invisible nous a suivis, papa ; je suis prêt à le jurer sur l'Évangile.

— Vous êtes fous ?

— Fous ! s'écria mon oncle ; il m'a même touché, le spectre ; juste au moment où j'allais atteindre l'entrée.
285 C'est à cet instant que j'ai crié. J'ai senti un bras qui m'entourait la hanche, comme ceci, tenez !

Et ayant joint le geste à la parole, il s'arrêta avec un mouvement d'ennui, intrigué.

— Bon, fit-il, autre chose ; voilà que j'ai perdu ma cein-
290 ture maintenant...

— Ta ceinture ? dit mon père ; ce doit être ce que j'ai cru voir serpenter, il y a un instant sur les marches du perron.

On ouvrit la porte ; la ceinture était là.

295 — Tenez, le voilà votre spectre ! fit mon père en riant.

Et il jeta à nos pieds une petite branche sèche adhérente à l'une des longues aiguillettes[12] que j'admirais tant à la ceinture de mon oncle.

Une bribe de frange verte pendait aussi à l'un des bou-
300 tons de la redingote à nervures blanches.

Tout s'expliquait.

En me cramponnant à mon oncle, lorsque j'avais aperçu ce que je croyais être une vision surnaturelle, j'avais in-volontairement et à mon insu dénoué sa ceinture, dont
305 un bout était resté suspendu à la redingote, tandis que l'autre, traînant par terre, avait produit, pour nos imagi-nations surexcitées d'avance, les bruits de pas qui nous avaient tant effrayés.

Accrochée à cette branche sèche, la ceinture s'était ten-
310 due, et mon oncle avait cru sentir autour de sa taille la pression d'un bras invisible.

— Voilà qui vous apprendra à sortir la nuit sans permis-sion, fit mon père.

Et, sur le même ton avec lequel il avait dit la même chose
315 à Pierre :

— Allez vous coucher ! répéta-t-il.

Nous regagnâmes nos chambres, assez penauds ; et je me glissai sous mes couvertures, en me promettant bien de ne plus jamais rire des frayeurs des autres.

---

[12] Cordon.

26

320 Mon oncle est mort à Québec, encore jeune... quoique notaire.

Quand je le vis pour la dernière fois, j'avais à mon tour la ceinture du collégien, et, lui, instrumentait dans un contrat de mariage.

325 — Voyons, cousine[13], dit-il à la mariée, vous affrontez votre sort bravement ?

— Oh ! sans la moindre terreur.

— Prenez garde ! reprit le notaire ; il est bon d'avoir du toupet, sans doute ; mais il est quelquefois dangereux

330 d'en trop avoir. Demandez plutôt à mon neveu !

---

[13] Appellation affectueuse de l'époque.

LE RÊVE DE BARTHE[1]

J'ai entendu bien des récits, relativement à des rêves extraordinaires.

Tous étaient naturellement plus ou moins difficiles à contrôler sous le rapport des faits.

5 Mais en voici un que je veux noter, à cause de son cachet d'authenticité exceptionnel.

Ce cachet d'authenticité ne tient pas seulement au caractère particulier du narrateur, dont la bonne foi est du reste au-dessus de tout soupçon ; il résulte surtout des
10 preuves testimoniales[2] nombreuses, de premier ordre, et à la portée de tous, sur lesquelles le fait pourrait s'étayer au besoin.

— Je ne suis pas homme à vous faire l'objet d'une mystification, et je ne suis pas encore assez vieux pour rado-
15 ter, me disait celui à qui la chose est arrivée, un magistrat bien connu dans les cercles littéraires et politiques du pays.

Or voici l'histoire telle que je la tiens de ses propres lèvres.

20 Elle remonte à plus de trente ans passés.

Le brave magistrat était alors journaliste à Sorel[3].

Un jour, il est invité avec sa famille aux noces d'une belle-sœur, et part pour Montréal après avoir laissé de la copie à ses imprimeurs, et leur avoir formellement

---

[1] *Le Monde illustré*, 24 mars 1898, p. 756-757, sous le titre *Un rêve*.
[2] Qui résulte d'un témoignage.
[3] Localité à l'embouchure du Richelieu à 85 km au nord-est de Montréal.

25 défendu de prendre part à une espèce de fête, voyage de
plaisir ou autre chose, qui devait avoir lieu le lendemain.
Comme à l'ordinaire, le mariage se fit le matin, et le dé-
jeuner, très brillant, se prolongea assez tard dans l'après-
midi.

30 Vers deux heures, après un bout de causerie joyeuse, et
en attendant une course autour du Mont-Royal, projetée
pour trois heures, le héros de mon aventure, qui avait
sur la conscience une nuit de bateau à vapeur, se retira
dans un boudoir, et s'étendit sur un canapé.

35 Au bout de quelques instants, il se leva tout énervé, et
rejoignit les autres convives.

— Tiens, lui dit-on, vous n'avez pas dormi longtemps.

— Ma foi, non ; j'ai fait un vilain rêve ; j'en suis tout
bouleversé.

40 — Pas possible ! quelle espèce de rêve !

— Un rêve effrayant... j'ai été témoin d'un spectacle qui
m'a terrifié.

Et il raconta son rêve.

J'étais à Sorel, sur la berge de la rivière, dit-il, et il me
45 sembla voir deux de mes employés, un nommé Moysan
et un nommé Lafontaine, qui se promenaient en chaloupe.

Tout à coup la houle produite par un bateau à vapeur les
prend en flanc. La surprise leur fait faire un faux pas,
50 une fausse manœuvre, que sais-je ?

Deux cris de détresse retentissent, et l'embarcation cha-
virée est entraînée par le courant, tandis que les deux
malheureux se débattent en suffoquant et en appelant à
l'aide.

55 J'ai cru les voir s'engloutir et se noyer, là, sous mes yeux, sans que ni moi ni personne ayons pu nous porter à leur secours.

Cela m'a laissé une impression que je ne puis venir à bout de secouer.

60 — Bah ! ce n'est qu'un rêve.

— Ce n'est qu'un rêve, je le sais bien ; mais la chose a paru se passer devant moi si distinctement, et avec une telle lucidité de détails, que je ne puis m'empêcher d'en être étrangement frappé.

65 Je pris sur moi, cependant, ajouta mon ami le magistrat, en poursuivant son récit.

Nous fîmes notre promenade en voiture, et, tout naturellement, je finis par ne plus penser à mon cauchemar.

Le fait est que je l'avais entièrement oublié, lorsque, le
70 lendemain matin, vers dix heures, je rencontrai, dans la rue Saint-Gabriel, un de mes voisins de Sorel, qui sortait de l'Hôtel du Canada.

— Savez-vous ce qui s'est passé, hier, à Sorel ? me dit-il en venant à moi ; avez-vous appris le terrible accident ?

75 — Non ; qu'y a-t-il ?

— Deux de vos typographes, Moysan et Lafontaine, se sont noyés hier, vers deux heures de l'après-midi.

Et il me raconta les détails.

C'était exactement tout ce que j'avais vu dans mon rêve
80 de la veille.

Comme vous le pensez bien, je ne manquai pas de rapporter cette nouvelle aux personnes à qui j'avais raconté le rêve.

Parmi elles se trouvaient le docteur Meilleur, alors surin-
85 tendant de l'Instruction publique[4].

C'était, comme vous le savez, un esprit d'élite, un pen-
seur et un savant.

Il me déclara qu'il croyait fermement aux rapports des
esprits entre eux, et me fit une longue et intéressante dis-
90 sertation sur le sujet.

Or, de toutes les personnes dont j'aurais pu invoquer le
témoignage à l'appui de ce que je viens de vous raconter, fit en terminant l'auteur du récit, le docteur Meilleur
est la seule qui ne soit plus de ce monde.

95 Toutes les autres sont pleines de vie, appartiennent à la
meilleure société de Montréal et peuvent corroborer[5]
mot pour mot ce que j'avance.

Aux savants d'expliquer.

---

[4] Jean-Baptiste Meilleur (1796-1878), médecin, éducateur, pre-
    mier surintendant de l'Éducation au Bas-Canada, l'équivalent
    actuel du ministre de l'Éducation.
[5] Confirmer.

LE REVENANT DE GENTILLY[1]

Si vous demandez à quelqu'un s'il croit aux revenants, quatre-vingt-dix-neuf fois sur cent il vous répondra : Non.

Ce qui n'empêche pas qu'il se passe, ou tout au moins
5 qu'il se raconte des choses bien inexplicables.

Témoin l'histoire suivante que je tiens du père d'un de mes confrères, un homme de profession libérale[2], à l'esprit très large et très éclairé, sur qui la crédulité populaire n'avait aucune prise, et dont la bonne foi
10 était – vous pouvez m'en croire – au-dessus de tout soupçon.

Voici le récit qu'il nous fit un soir, à quelques amis et à moi, en présence de sa femme et de ses trois fils, avec le ton sérieux qu'il savait prendre quand il parlait de cho-
15 ses sérieuses.

Je lui laisse la parole.

« Je ne prétends pas, dit-il, qu'il faille croire à ceci et à cela, ou qu'il n'y faille pas croire ; je veux seulement vous relater ce que j'ai vu et entendu ; vous en conclu-
20 rez ce que vous voudrez.

Quant à moi, je me suis creusé la tête bien longtemps pour trouver une explication, sans pouvoir m'arrêter à rien de positif ; et j'ai fini par n'y plus songer.

C'était en 1823.

---

[1] *Le Monde illustré*, 26 février 1898, p. 692-693.

[2] Profession dépendant d'un organisme professionnel : avocat,
32 notaire, médecin.

25 J'achevais mes études au collège de Nicolet[3], et j'étais en
vacances dans le village de Gentilly[4], avec quelques-uns
de mes confrères et deux ou trois séminaristes en congé
auprès de leurs parents.

Nous fréquentions assidûment le presbytère, où le bon
30 vieux curé du temps, très sociable, grand ami de la jeunesse, nous recevait comme un père.

C'était un fier fumeur devant le Seigneur, et pendant les
beaux soirs d'été nous nous réunissions sur sa véranda
pour déguster un fameux tabac canadien que le bon
35 vieillard cultivait lui-même avec une sollicitude de con-
naisseur et d'artiste.

À onze heures sonnant :

— Bonsoir, mes enfants !

— Bonsoir, monsieur le curé !

40 Et nous regagnions nos pénates[5] respectifs.

Un soir – c'était vers la fin d'août, et les nuits commençaient à fraîchir – au lieu de veiller à l'extérieur, nous
avions passé la soirée à la chandelle, dans une vaste
pièce où s'ouvrait la porte d'entrée, et qui servait ordi-
45 nairement de bureau d'affaires, de fumoir ou de salle de
causerie.

Coïncidence singulière, la conversation avait roulé sur
les apparitions, les hallucinations, les revenants ou autres phénomènes de ce genre.

50 Onze heures approchaient, et le débat se précipitait un
peu, lorsque monsieur le curé nous interrompit sur un
ton quelque peu inquiet :

---

[3] Collège classique (secondaire et collégial), fondé en 1803.

[4] Localité qui fait maintenant partie de la municipalité de
Bécancour.

[5] Maison.

— Tiens, dit-il, on vient me chercher pour un malade.

En même temps, nous entendions le pas d'un cheval et
55 le roulement d'une voiture qui suivait la courbe de l'allée conduisant à la porte du presbytère, et qui parut s'arrêter en face du perron.

Il faisait beau clair de lune ; quelqu'un se mit à la fenêtre.

— Tiens, dit-il, on ne voit rien.
60 — Ils auront passé outre.

— C'est étrange.

Et nous allions parler d'autre chose, quand nous entendîmes distinctement des pas monter le perron, et quelqu'un frapper à la porte.
65 — Entrez ! fit l'un de nous.

Et la porte s'ouvrit.

Jusque-là, rien d'absolument extraordinaire ; mais jugez de notre stupéfaction à tous lorsque la porte se referma d'elle-même, comme après avoir laissé passer quelqu'un,
70 et que, là, sous nos yeux, presque à portée de la main, nous entendîmes des pas et comme des frôlements de soutane se diriger vers l'escalier qui conduisait au premier, et dont chaque degré – sans que nous pussions rien apercevoir – craqua comme sous le poids d'une dé-
75 marche lourde et fatiguée.

L'escalier franchi, il nous sembla qu'on traversait le corridor sur lequel il débouchait, et qu'on entrait dans une chambre s'ouvrant droit en face.

Nous avions écouté sans trop analyser ce qui se passait,
80 ahuris et nous regardant les uns les autres, chacun se demandant s'il n'était pas le jouet d'un rêve.

Puis les questions s'entrecroisèrent :

— Avez-vous vu quelqu'un, vous autres ?

— Non.

85 — Ni moi !

— Nous avons entendu, cependant.

— Bien sûr.

— Quelqu'un entrer...

— Puis traverser la chambre...

90 — Puis monter l'escalier...

— Oui.

— Puis s'introduire là-haut.

— Exactement.

— Qu'est-ce que cela veut dire ?

95 Et, à mesure que nous nous rendions compte de ce qui venait d'arriver, je voyais les autres blêmir et je me sentais blêmir moi aussi.

En effet, nous avions tous bien entendu...

Et sans rien voir...

100 Nous n'étions point des enfants, cependant, et le courage ne nous manquait pas.

Le curé prit un chandelier, j'en pris un autre ; et nous montâmes l'escalier.

Rien !

105 Nous ouvrîmes la chambre où le mystérieux personnage avait paru s'enfermer.

Personne !

Absolument rien de dérangé ; absolument rien d'insolite.

Nous redescendîmes bouleversés et parlant bas.

110 — C'était pourtant bien quelqu'un.

— Il n'y a pas à dire.

— Et vous n'avez rien découvert ?

— Pas une âme !

— C'est renversant.

115 En ce moment un bruit terrible éclata dans la chambre que nous venions de visiter, comme si un poids énorme fût tombé sur le plancher.

Le vieux curé reprit froidement sa chandelle, remonta l'escalier et entra de nouveau dans la chambre.

120 Personne ne le suivit cette fois.

Il reparut pâle comme un spectre ; et pendant que nous entendions des cliquetis de chaînes et des gémissements retentir dans la chambre qu'il venait de quitter :

— J'ai bien regardé partout, mes enfants, dit-il ; je vous

125 jure qu'il n'y a rien ! Prions le bon Dieu.

Et nous nous mîmes en prière.

À une heure du matin, le bruit cessa.

Deux des séminaristes passèrent le reste de la nuit au presbytère, pour ne pas laisser le bon curé seul ; et les

130 collégiens – j'étais fort tremblant pour ma part – rentrèrent chacun chez soi, se promettant toutes sortes d'investigations pour le lendemain.

La seule chose que nous découvrîmes fut, en face du presbytère, les traces de la voiture mystérieuse, qui ap-

135 paraissaient très distinctes et toutes fraîches, dans le sable soigneusement ratissé de la veille.

Inutile de vous dire si cette histoire eut du retentissement.

Elle ne se termina pas là, du reste.

140 Tous les soirs, durant plus d'une semaine, les bruits les plus extraordinaires se firent entendre dans la chambre où l'invisible visiteur avait paru se réfugier.

Les hommes les plus sérieux et les moins superstitieux du village de Gentilly venaient tour à tour passer la nuit

145 au presbytère, et en sortaient le matin blancs comme des fantômes.

Le pauvre curé ne vivait plus.

Il se décida d'aller consulter les autorités du diocèse ; et, comme Trois-Rivières n'avait pas encore d'évêque à cette

150 époque, il partit pour Québec.

Le soir de son retour, nous étions réunis comme les soirs précédents, attendant le moment des manifestations surnaturelles, qui ne manquaient jamais de se produire sur le coup de minuit.

155 Le curé était très pâle, et plus grave encore que d'habitude.

Quand le tintamarre recommença, il se leva, passa son surplis et son étole, et, s'adressant à nous :

— Mes enfants, dit-il, vous allez vous agenouiller et

160 prier ; et quel que soit le bruit que vous entendiez, ne bougez pas, à moins que je ne vous appelle. Avec l'aide de Dieu je remplirai mon devoir.

Et, d'un pas ferme, sans arme et sans lumière – je me rappelle encore, comme si c'était d'hier, le sentiment

165 d'admiration qui me gonfla la poitrine devant cette intrépidité si calme et si simple – le saint prêtre monta bravement l'escalier, et pénétra sans hésitation dans la chambre hantée.

Alors, ce fut un vacarme horrible.

170 Des cris, des hurlements, des fracas épouvantables.

On aurait dit qu'un tas de bêtes féroces s'entre-dévoraient, en même temps que tous les meubles de la chambre se seraient écrabouillés sur le plancher.

Je n'ai jamais entendu rien de pareil dans toute mon
175   existence.

Nous étions tous à genoux, glacés, muets, les cheveux dressés de terreur.

Mais le curé n'appelait pas.

Cela dura-t-il longtemps ? je ne saurais vous le dire, mais
180   le temps nous parut bien long.

Enfin le tapage infernal cessa tout à coup, et le brave abbé reparut, livide, tout en nage, les cheveux en désordre, et son surplis en lambeaux...

Il avait vieilli de dix ans.

185   — Mes enfants, dit-il, vous pouvez vous retirer ; c'est fini ; vous n'entendrez plus rien. Au revoir ; parlez de tout ceci le moins possible.

Après ce soir-là, le presbytère de Gentilly reprit son calme habituel.

190   Seulement, tous les premiers vendredis du mois, jusqu'à sa mort, le bon curé célébra une messe de *Requiem* pour quelqu'un qu'il ne voulut jamais nommer.

Voilà une étrange histoire, n'est-ce pas, messieurs ? conclut le narrateur.

195   Eh bien, je ne vous ai pourtant conté là que ce que j'ai vu de mes yeux et entendu de mes oreilles – avec nombre d'autres personnes parfaitement dignes de foi.

Qu'en dites-vous ?

Rien ?

200   Ni moi non plus. »

La maison hantée[1]

C'était en 1858.

J'étudiais plus ou moins au collège de Nicolet[2].

Notre directeur, l'abbé Thomas Caron[3] – Dieu bénisse un des plus saints prêtres de notre temps, et l'un des
5 plus nobles cœurs qui aient honoré l'humanité ! – l'abbé Thomas Caron me permettait d'aller tous les soirs travailler dans sa chambre, durant ce que nous appelions les « trois quarts d'heure » – période importante qui s'écoulait entre la prière du soir et le coucher, et que cinq
10 ou six d'entre nous employaient à étudier l'histoire, et le reste... à « cogner des clous ».

Il me tolérait même quelquefois jusqu'au moment de sa tournée dans les dortoirs, c'est-à-dire une heure de plus. Que voulez-vous ? Comme dans tous les autres collèges
15 du pays, il était de tradition à Nicolet de défendre comme un crime aux élèves la perpétration d'un seul vers français.

Que le vers fût rimé ou non ; que la mesure y fût ou n'y fût pas, il importait peu ; l'intention était tout.
20 Or, non seulement j'étais un coupable, mais j'étais encore un récidiviste incorrigible.

Et le brave abbé, indulgent pour toutes les faiblesses – ne comprenant guère d'ailleurs pourquoi l'on fait un crime à des collégiens de rythmer en français ce qui leur passe
25 de beau et de bon dans la tête, tandis qu'on les oblige de s'ankyloser l'imagination à charpenter des vers latins,

---

[1] *Le Monde illustré*, 23 avril 1898, p. 822-823.

[2] Collège classique (secondaire et collégial), fondé en 1803.

[3] 1819-1878.

d'autant plus boiteux qu'ils ont de plus vilains pieds et
de plus belles chevilles –, le brave abbé m'avait dit :

— Le règlement est là, vois-tu, je n'y puis rien. Mais
30 viens à ma chambre, le soir ; tu auras une table, une
plume, de l'encre et du papier. Si tu fais des vers, c'est
moi qui te punirai.

Cela m'avait donné confiance, et, tous les soirs – pendant que le saint homme lisait son bréviaire[4] ou confes-
35 sait quelque garnement coupable de désobéissance ou
de distraction dans ses prières – je piochais courageusement mes alexandrins, en rêvant toutefois aux océans de
délices dans lesquels devaient nager les heureux posses-
seurs d'un dictionnaire de rimes.

40 J'avouerai que l'inspiration ne donnait pas toujours ; et
lorsque le bon abbé voulait bien faire diversion à mes
efforts par la lecture d'un article de journal plus ou
moins intéressant, je ne protestais pas plus qu'il ne faut
au nom de mes droits outragés.

45 Il en était de même lorsqu'un visiteur se présentait.

Si je sentais qu'il n'y avait point indiscrétion, je n'avais
aucun scrupule à lâcher une strophe à moitié finie pour
écouter de mes deux oreilles, quand la conversation de-
venait intéressante.

50 Le soir dont je veux vous parler, elle l'était.

Le visiteur – aucun inconvénient à le nommer – s'appelait l'abbé Bouchard ; il était curé à Saint-Ferdinand[5],
dans le township d'Halifax.

Il se rendait – avec un ancien élève nommé Legendre – à
55 Trois-Rivières, où il allait consulter son évêque au sujet

---

4 Livre de prières.
5 Localité de la Mauricie–Bois-Francs, appelée aujourd'hui
Bernierville.

40

d'une affaire mystérieuse à laquelle il s'était trouvé mêlé, et dont il ne se rendait aucun compte.

Voici en résumé ce qu'il nous raconta :

« Vous allez peut-être me prendre pour un fou, dit-il. Je
60   vous l'avouerai, du reste, je me demande moi-même quelquefois si ce que j'ai vu et palpé est bien réel ; et je douterais de ma propre raison si des centaines de mes paroissiens – hommes intelligents et dignes de foi – n'étaient pas là pour attester les mêmes faits.

65   En tout cas, si le témoignage des sens peut avoir quelque valeur et quelque autorité, je serais sur mon lit de mort que je n'ajouterais ni ne retrancherais une syllabe à ce que je vais vous dire.

À peu de distance de mon presbytère, il existe une petite
70   maison pauvre, habitée par une veuve et ses deux enfants : un garçon d'à peu près vingt-quatre ans, et sa sœur cadette qui, elle aussi, a dépassé la vingtaine.

L'appartement n'est composé que d'une seule pièce.

Dans un coin, le lit de la mère ; dans l'autre, celui de la
75   fille ; au centre et faisant face à la porte d'entrée, un poêle à fourneau – ce que nos campagnards appellent un poêle « à deux ponts ».

Le garçon, lui, couche au grenier, qui communique avec l'étage inférieur par une trappe et une échelle.

80   L'autre jour, le bedeau vint m'annoncer qu'on avait « jeté un sort » chez les Bernier[6].

— Allez donc vous promener, lui dis-je, avec vos sorts. Vous êtes fou !

---

6   Fréchette joue avec les noms. À l'époque où il fréquente le collège de Nicolet (1859-1860), le curé de Saint-Ferdinand d'Halifax est Julien-Melchior Bernier (1825-1887), qui le sera de 1851 à 1886.

— Mais, monsieur le curé, un tel et un tel peuvent vous
85 le dire.

— Vous êtes fous tous ensemble ; laissez-moi tranquille !

J'eus beau, cependant, me moquer de ces racontars, tous
les jours ils prenaient une telle consistance, les témoins
se présentaient si nombreux, les détails semblaient si po-
90 sitifs, que cela finit par m'intriguer, et je consentis à me
rendre aux sollicitations de plusieurs personnes qui dé-
siraient me voir juger par moi-même des choses extraordinaires qui se passaient, disait-on, chez les Bernier.

Le soir même, j'arrivais sur les lieux en compagnie de
95 M. Legendre, que voici ; et je me trouvai au milieu d'une
dizaine de voisins et voisines réunis là par la curiosité.

Il n'y avait pas cinq minutes que j'étais entré et que
j'avais pris place sur une des chaises plus ou moins éclo-
pées qui, avec les lits, le poêle, une vieille table et un cof-
100 fre, composent l'ameublement du logis, lorsqu'un son
métallique me fit tourner la tête.

C'était tout carrément le tisonnier qui s'introduisait de
lui-même dans ce que nous appelons la « petite porte »
du poêle.

105 Convaincu que tout cela n'était qu'une supercherie, et
bien déterminé à la découvrir, je ne me laissai pas im-
pressionner tout d'abord par la vue de cette tige de fer
qui semblait animée par quelque force mystérieuse.

Je la pris dans ma main, pour m'assurer si elle n'était pas
110 mue par quelque fil invisible.

Nulle apparence de rien de ce genre.

Au même instant, voilà la trappe de la cave qui se sou-
lève, et des centaines de pommes de terre se mettent à

monter et à trotter dans toutes les directions sur le
115 plancher.

Je pris de la lumière, ouvris la trappe et visitai la cave.

Personne ! rien d'étrange, si ce n'est les pommes de terre
qui se précipitaient dans mes jambes et roulaient sous
mes pieds, en cabriolant du haut en bas et du bas en
120 haut des quelques marches branlantes qui conduisaient
au sous-sol.

Je remontai assez perplexe, mais pas encore convaincu.

À peine eus-je reparu dans la chambre, ma chandelle à
la main, qu'une vieille cuiller de plomb, lancée par je ne
125 sais qui, vint tomber droit dans mon chandelier.

Cela me parut venir de la table ; et je n'en doutai plus
quand je vis tout ce qu'il y avait de cuillers cassées, de
couteaux ébréchés et de fourchettes veuves de leurs
fourchons[7], sortir du tiroir et sauter aux quatre coins de
130 la pièce avec un cliquetis de vieille ferraille.

J'ouvris le tiroir et l'examinai attentivement.

Il était dans l'état le plus normal du monde.

Pas un fil, pas un truc.

Cela commençait à m'intriguer vivement.

135 Je repris mon siège, et me remis à observer avec plus
d'attention que jamais.

Pendant tout ce temps, les autres spectateurs – désireux
d'avoir mon avis, et, dans ce but, voulant probablement
me laisser toute liberté d'action – restaient silencieux et
140 tranquilles, chuchotant à peine de temps en temps quelques paroles entre eux.

— Tiens, fit tout à coup la mère Bernier, qu'est donc de-
venue ma tabatière ? Je viens de la déposer ici sur le bout

---

[7] Dents d'une fourchette.

de mon rouet. C'est encore ce vieux démon qui fait ça
145 pour me taquiner, j'en suis sûre. Il me fait quelquefois
chercher ma tabatière durant des heures ; et puis tout à
coup il me la remet là, sous le nez.

— Il ne la vide pas, au moins ? demanda quelqu'un.

— Non, mais il ne me la remplit pas non plus, bien
150 qu'elle en ait grand besoin. C'est à peine s'il me reste une
prise ou deux dans le fond.

Je ne fis guère attention à ce bavardage, mon regard était
attiré depuis un instant vers le lit de la jeune fille, où il
me semblait voir remuer quelque chose.
155 Enfin, j'étais fixé : il n'y avait plus à en douter, quelqu'un
devait être sous le lit, qui tirait les couvertures dans la
ruelle.

— Allons, dis-je aux quelques jeunes gens qui se trouvaient là, que le moins peureux de vous autres aille voir
160 qui est caché là-dessous.

Il reçoit une claque en plein visage qui l'envoie rouler à deux pas plus loin.
(Illustration de Edmond-Joseph Massicotte.)

Un gros gaillard s'avance, se baisse, et au moment où il se glissait la tête sous la couchette, reçoit une claque en plein visage qui l'envoie rouler à deux pas plus loin.

Tout le monde avait entendu le bruit du soufflet, et chacun put en constater les traces sur la figure du pauvre diable qui l'avait reçu.

Je repris la chandelle, et regardai sous le lit : il n'y avait rien.

En revanche, je fus témoin, comme je relevais la tête, du phénomène le plus extraordinaire et le plus concluant qui puisse frapper les sens d'un homme éveillé et *compos mentis*[8].

C'est ce phénomène, absolument inexplicable et radicalement impossible sans intervention surnaturelle, qui est la cause de mon voyage ici.

Jugez-en.

Cette couchette de la jeune fille est faite, comme plusieurs couchettes d'enfants à la campagne, avec de petits barreaux verticaux qui en font tout le tour, à distance de quelques pouces les uns des autres, emmortaisés[9] par le haut et par le bas dans la charpente du lit.

Les uns peuvent être plus ou moins solides dans leurs alvéoles ; mais j'ai pu constater – plus tard – que la plupart adhéraient aux mortaises, parfaitement immobilisés.

Imaginez-vous donc si je restai pétrifié, lorsque ma chandelle à la main, je vis là, sous mes yeux, tous ces barreaux se mettre à tourner d'eux-mêmes comme des toupies, avec un bruit de machine en rotation, sans que personne autre que moi fût à portée du lit.

---

[8] Maître de lui-même.
[9] Assemblés les uns dans les autres à l'aide d'entailles.

Et, pendant ce temps-là, les vitres tintaient, les cuillers sautaient, toute la ferblanterie de la maison jouait du tambour, et les pommes de terre dansaient une sarabande diabolique dans tous les coins.

195 Je passai mon chandelier à quelqu'un, et j'empoignai deux des barreaux : ils me roulèrent dans les mains en me brûlant la peau.

M. Legendre en fit autant : ses solides poignets n'eurent pas plus de succès que les miens.

200 J'étais abasourdi.

Mais un incident comique devait se mêler à toute cette fantasmagorie ; je me retournai tout à coup, sur une exclamation de la mère Bernier :

Monsieur le curé ! criait-elle, voici ma tabatière revenue.

205 Et voyez, elle est pleine ! Décidément, les sorciers ont du bon.

La vieille prenait vaillamment son parti des circonstances ; et quant à moi, j'avais aussi pris le mien.

Me voici, accompagné d'un témoin, qui peut déclarer

210 que je n'ai pas perdu la raison, et demain j'aurai une entrevue avec mon évêque.

— Mais, intervint M. l'abbé Caron, à quoi les gens de la maison attribuent-ils tout cela ?

— Voici ! répondit le curé de Saint-Ferdinand.

215 On raconte que, quelques jours avant ces manifestations, un vieux mendiant – c'est toujours quelque vieux mendiant – était entré chez les Bernier et leur avait demandé à manger.

On lui avait donné des pommes de terre bouillies, mais
220 sans lui offrir à partager ni la table de famille, ni le morceau de lard qui se trouvait dessus.

Le vieux était parti mécontent, grommelant les paroles
de rigueur :

— Vous vous souviendrez de moi !

225 En le regardant aller, on l'avait vu se pencher sur un ruisseau qui coule au coin de la maison, et y jeter quelque
chose.

Le premier seau d'eau qu'on avait retiré du ruisseau
s'était répandu de lui-même sur le plancher.

230 On en avait puisé d'autres, mais pas moyen d'en retenir
une goutte dans aucun vase de la maison.

La famille dut s'approvisionner ailleurs.

On sait le reste.

L'abbé Bouchard quitta le collège le lendemain matin et,
235 le soir venu, je dis à notre bon vieux directeur :

— Eh bien, que pensez-vous de ce qui nous a été raconté hier au soir ?

— Peuh ! me répondit-il avec une certaine hésitation ; il
y a une jeune fille dans la maison, cela pourrait bien tout
240 expliquer.

Et il changea de conversation.

Que voulait-il dire ?

Avait-il un pressentiment des futures découvertes de
Charcot[10] relatives aux phénomènes de l'hystérie ?

245 En tout cas, je n'entendis reparler de cette étrange histoire qu'un peu plus tard, à Québec, où je rencontrai le
même curé Bouchard, accompagné cette fois d'un nommé Bergeron.

---

[10] Jean Martin Charcot (1825-1893), médecin français, classe
l'hystérie dans les affections du système nerveux.

— Voyons, lui dis-je, et votre affaire de sorciers, où en
250 est-elle ?

— Cela s'est passé comme c'est venu, me répondit-il, j'ai
exorcisé, et tout a été fini.

— Je vais vous le dire, moi, fit le nommé Bergeron,
quand le curé eut tourné le dos.
255 On a pris les moyens ordinaires pour se débarrasser de
ces sortilèges.

Voyant que les prières du curé n'aboutissaient à rien, un
jour qu'un vieux moyeu de roue était entré de lui-même
dans la maison et s'était précipité dans le poêle qu'il avait
260 failli démonter, le jeune Bernier saisit le moyeu et se mit
à le larder de coups de couteau.

Le lendemain, le mendiant dont la visite avait été le si-
gnal de tout le tintamarre, fit son apparition, livide,
courbé, tremblant, marchant avec peine et demandant
265 pardon.

— Cherchez dans le ruisseau, dit-il ; vous y trouverez un
petit caillou vert. Enterrez-le bien profondément quelque part, et rien d'extraordinaire ne vous arrivera plus.

C'est ce qu'on fit, et tout rentra dans le calme.
270 Mais le plus surprenant, c'est que le jour même où le
moyeu de roue avait été ainsi lacéré par une lame d'acier,
un vieux mendiant s'était présenté chez un médecin
d'une paroisse voisine de Saint-Ferdinand, le dos tout
sillonné de coupures sanguinolentes...
275 Vrai ou non, c'est ce qu'on m'a rapporté, fit mon interlocuteur sous forme de conclusion. »

LE RÊVE D'ALPHONSE[1]

Ceux qui croient aux futures découvertes de la science et se gardent bien de nier d'emblée tout ce qu'elle n'a pas encore pu expliquer, s'intéresseront peut-être à un cas étrange de pressentiment hypnotique dont je tiens le
5 récit d'une personne en la véracité[2] de qui j'ai la foi la plus entière.

Il s'agit d'un rêve ; et quand le héros de l'aventure me relatait la chose, en 1866, il était loin de supposer que j'en ferais jamais part au public.

10 Son récit, je vais tâcher de le répéter aussi fidèlement que possible, tel qu'il m'a été fait à moi-même, tel que je l'ai cru, et tel que je le crois encore.

Vers la fin de la guerre de Sécession, c'est-à-dire en 1864, mon ami Alphonse Le Duc – j'ai eu de nombreux et bons
15 amis, mais je serais un terrible ingrat si je ne bénissais pas Dieu tous les jours de m'en avoir donné un comme celui-là ! – mon ami Alphonse Le Duc faisait partie de l'état-major du général Banks[3].

Naturellement, il dut faire partie de la désastreuse expé-
20 dition que le vaillant homme de guerre fut forcé d'entreprendre, contre son gré, pour reconquérir la partie occidentale de la Louisiane[4].

Appuyée par une flotte considérable, l'armée se dirigea sur la rivière Rouge, où elle devait effectuer sa jonction
25 avec un corps de dix mille hommes qui descendait le Mississipi sous la conduite du général Smith.

---

[1] *Le Monde illustré*, 25 juin 1898, p. 116, sous le titre *Un rêve*.
[2] Qualité de celui qui dit la vérité.
[3] Général nordiste américain (1816-1894).
[4] Un des États du sud des États-Unis sur le golfe du Mexique.

Ainsi renforcé, Banks, qui avait assumé le commandement en chef, s'avança sur la rive sud de la rivière Rouge, jusqu'à un endroit appelé Sabine Cross Road, un nom
30 qui devait être célèbre.

L'armée était en alerte.

Les éclaireurs avaient signalé le général Taylor à la tête de forces sudistes considérables.

Une bataille était imminente.

35 C'est dire que la nuit se passa sur le qui-vive, et que les plus hardis seuls dormirent des deux yeux.

« J'avais une peur folle, me dit mon ami, qui, comme tous les vrais braves, croit inutile de se vanter.

Mille pressentiments désagréables me hantaient la
40 cervelle.

Je vais y rester cette fois, c'est sûr, me disais-je à moi-même je ne sais trop pourquoi.

Et je songeais qu'il était bien bête à moi d'être venu ainsi me faire tuer à la fleur de l'âge, loin des miens et pour
45 une cause qui n'était pas celle de mon pays, après tout.

Mais il n'y avait pas à reculer ; il me fallait faire contre mauvaise fortune bon cœur, c'est-à-dire mon devoir.

Comme j'étais harassé, et que j'avais besoin de toute ma vigueur physique pour braver le grand hasard du lende-
50 main, je me roulai dans mes couvertures après avoir ingurgité un bon verre de hot scotch, et je m'endormis, à peu près convaincu que c'était là ma dernière nuit en ce monde.

Dans mon sommeil – je continue à laisser la parole à
55 mon ami Le Duc – j'eus un rêve.

Mais un rêve d'une lucidité extraordinaire.

Je voyais les choses comme si j'eusse été parfaitement éveillé, sans les transitions ou transformations brusques des rêves, absolument comme elles se passent dans le
60　cours régulier de la vie.

J'assistai au réveil des troupes, à la mise en marche de l'armée.

Je vis les régiments se ranger en ligne de combat, les batteries s'établir sur les hauteurs, les escadrons de cavale-
65　rie prendre leurs positions.

J'entendis gronder le canon, crépiter la fusillade.

Et dans les cris, les fanfares et les hennissements, je regardai s'engager la bataille.

J'étais avec le général Banks, sur un plateau d'où nous
70　pouvions assez facilement suivre les péripéties de la grande lutte.

Tout à coup – à propos de quoi, je n'en sais rien – mon cheval s'ébroue, s'emporte, s'emballe, prend le mors aux dents et s'élance à fond de train en dehors des lignes, à
75　l'endroit le plus périlleux, en plein à découvert sous le feu de l'ennemi.

Les balles me sifflaient aux oreilles par centaines.

Affolé, je gourme[5] l'animal, je lui casse les dents, je lui laboure le ventre, je l'écrase sous moi.

80　Inutile, ce ne fut qu'après un quart d'heure, long comme un siècle, que je pus le maîtriser et revenir à mon poste.

— Ce n'est pas du courage, cela, me dit Banks, c'est de la témérité. Un vrai brave ne s'expose pas inutilement, entendez-vous, major ?

85　Il s'imaginait, tout bonnement, que j'étais allé faire ce tour-là par fanfaronnade.

---

[5] Serrer avec une bride.

Je n'eus pas le courage de lui ôter cette illusion, je préférai passer pour un extravagant.

— Tenez, reprit Banks, en crayonnant deux lignes sur
90 l'arçon[6] de sa selle, faites quelque chose d'utile ; allez porter ceci au général Smith.

Smith commandait l'aile droite ; je partis au galop.

À peu de distance, une maison en briques – que je vois encore avec ses contrevents disloqués et ses têtes de che-
95 minées déchiquetées par les balles – me barrait la route. La fusillade faisait rage à cet endroit ; tout naturellement, je lançai mon cheval par derrière la maison.

Malédiction !

Juste au moment où je franchissais l'espace abrité, j'eus
100 la sensation d'un fracas épouvantable, et me voilà englouti sous une avalanche de briques, de pierres, de débris de charpente et de décombres de toute espèce.

Un boulet venait de passer à travers la maison et l'avait démolie de la cave aux mansardes[7].
105 Quant à moi, j'étais mort... ou plutôt je m'éveillai sous ma tente, la tête en feu, le corps en nage.

Le tambour battait.

Une tasse de café, pendant qu'on sonne le boute-selle[8], et en avant !
110 Pour tout de bon, cette fois.

Mon rêve m'était encore tout frais à la mémoire :

— Donne-moi ton cheval, dis-je à mon ordonnance[9], un Allemand.

---

[6] Armature de la selle.
[7] Chambre aménagée dans un comble brisé, et dont un mur est en pente.
[8] Sonnerie de trompette pour avertir les cavaliers de seller leurs chevaux.
[9] Soldat attaché à un officier.

Le pauvre diable me regarda tout ahuri.

115 — Gomment, machor, fous foulez monder mon gefal ?

— Oui ; si cela te convient, tu pourras « brendre » le mien.

— Mais fous safez bien gue che ne buis le monder, il est drop vouqueux.

120 — Tant pis alors... ou peut-être tant mieux... tu iras à pied.

Et voilà la bataille engagée.

Or, mon ami, juge de ma stupéfaction, lorsque je vis autour de moi la reproduction exacte de mon rêve !

125 Les lieux, l'horizon, le paysage, la position et les évolutions des troupes, tout, jusqu'au plateau sur lequel nous étions postés, était identique.

Je l'avoue, mon premier mouvement fut de me féliciter d'être un peu superstitieux et d'avoir en ce moment sous

130 moi, au lieu de ma monture ordinaire, le cheval poussif[10] de mon Teuton[11].

Mais ce n'est pas tout ; écoute bien ceci, mon ami, et dis-moi ce que tu aurais éprouvé à ma place.

À un certain moment où la canonnade battait son plein,

135 je vis le général Banks écrire quelques mots au crayon sur une feuille de calepin appuyée sur ses arçons, puis se tourner vers moi en disant :

— Major, veuillez porter ceci au général Smith.

Ainsi que dans ma vision de la nuit – chose que je n'avais

140 pu prévoir cependant – le général Smith avait pris sa position sur la droite.

Je partis, un peu pâle sans doute, et...

---

[10] Se dit d'un cheval qui s'essouffle.
[11] Allemand.

Me voilà en face de la terrible maison en briques, que j'avais vu s'écrouler sur moi dans mon rêve !

145 C'était elle, exactement elle.

Je la reconnaîtrais encore entre mille.

À cette vue, le cœur me tressauta dans la poitrine.

Je sentis mon courage défaillir ; et n'eussent été le sentiment de la discipline, et peut-être aussi un peu d'amour-

150 propre, j'aurais rebroussé chemin.

Dans tous les cas, me dis-je à part moi, le diable ne me fera pas passer par derrière !

Et je lançai mon cheval à bride abattue, en plein sous les balles confédérées[12], tout droit par-devant la bâtisse.

155 Juste en face, la bête se cabre et s'affaisse.

Un boulet venait de lui effleurer le nez, et la maison sautait en mille pièces.

Je me relevai sans une égratignure.

Si j'avais passé derrière, j'étais infailliblement mis en

160 marmelade !

Le soir nous étions battus.

Les unionistes[13] avaient perdu la bataille de Sabine Cross Road.

Et moi, j'avais perdu un pur sang magnifique, que je n'ai

165 jamais revu, pas plus que mon ordonnance.

Pourvu que l'un n'ait pas porté malheur à l'autre...

Le lendemain, en retraitant, le général me disait :

— Major, pourquoi donc avez-vous passé en face de cette maison, hier ? Ce n'est pas du courage, cela ; c'est

170 de la témérité. Un brave...

— N'expose pas sa vie inutilement ! oui, je sais ça par cœur, dis-je en l'interrompant.

---

[12] Sudiste.

[13] Nordiste.

Le général me regarda sans comprendre, et je détournai la conversation.

175 Pour lui répondre, il m'aurait fallu conter mon rêve ; et, ma foi, j'eus peur qu'il ne me rît au nez.

Tandis que toi, vois-tu, tu peux rire si tu veux, je t'ai dit la vérité, c'est tout. »

Et, ma foi, non, je n'ai pas ri.

180 Pourquoi rire de ces choses ?

Je le répète, celui qui m'a fait ce récit n'a pu mentir.

Qu'on explique comme on voudra, ou plutôt comme on pourra, ce phénomène.

Qu'on l'appelle coïncidence, aberration, hallucination,
185 cela m'est égal ; mais je suis convaincu qu'Alphonse Le Duc n'a pas inventé cette histoire, et qu'il a bien vu tout ce qu'il m'a raconté.

Un fantôme[1]

La Pointe-aux-Anglais[2] est située dans le bas du fleuve Saint-Laurent.

C'est une langue de terre désolée et hérissée de brisants, qui fait partie de l'île aux Œufs[3], et sur laquelle, jetée à 5 pleines voiles par un pilote acadien du nom de Paradis[4], la flotte de l'amiral Walker[5], qui venait assiéger Québec, se perdit corps et biens, le 22 du mois d'août 1711.

Ce naufrage – un des plus terribles de l'histoire – est resté légendaire, et a donné mauvaise réputation à la 10 côte, où, à ce que prétendent les pêcheurs et les navigateurs des environs, on voit, dans les jours de brouillard, apparaître le fantôme de la fameuse flotte, qui vient s'abîmer sur les roches, comme il y a près de deux siècles, avec un bruit de tonnerre et des clameurs sinistres.

15 Naturellement, cette mauvaise réputation de la côte a donné naissance à bien des récits plus ou moins effrayants, mais aussi plus ou moins authentiques.

Celui qui va suivre porte cependant en soi un tel cachet de sincérité qu'on ne saurait guère le révoquer en doute.

---

[1] *Le Monde illustré*, 21 mai 1898, p. 36-37.

[2] Hameau de la Côte-Nord.

[3] Île située à 2 km de la rive nord du Saint-Laurent sur la Côte-Nord.

[4] En 1711, à la barre du *Neptune*, Jean Paradis (1658-1725) fut intercepté et obligé de piloter l'*Edgar*, le vaisseau de l'amiral Walker.

[5] À la fin de juillet 1711, l'amiral anglais Hovenden Walker (1656-1728) partit de Boston à la tête de 12 000 hommes pour s'emparer de la Nouvelle-France. Une partie de sa flotte s'échoua, dans la nuit du 22 au 23 août, sur les récifs de l'île aux Œufs et l'amiral perdit 900 hommes.

20 C'est un inspecteur de marine qui parle – un inspecteur
officiellement chargé de visiter cette plage, en 1863, à la
recherche d'un navire naufragé, le *Lord Dundonald*.

J'emprunte ce récit, presque mot pour mot, à mon ami
et distingué confrère, William McLennan[6].

25 — C'était en juillet, dit l'inspecteur de marine, et le
temps était délicieux.

Un samedi après-midi, il me vint à l'idée qu'une petite
partie de pêche ne pourrait que m'offrir une agréable distraction ; et, ayant fait mettre à l'eau une de nos chalou-
30 pes de bord, je partis pour la rivière Mistecapin, accompagné de deux Canadiens français et de deux sauvages.

Nous passâmes un dimanche charmant.

Trop charmant, car cela nous fit reculer plus qu'il ne fallait l'heure du retour.

35 La brise était molle ; et à peine avions-nous filé quelques
nœuds, que nous fûmes complètement envahis par
l'obscurité.

Craignant de faire fausse route, je fis carguer[7] la voile et
mettre les avirons dehors, pour longer les sinuosités du
40 rivage.

Les ténèbres augmentaient toujours. Bientôt il nous fut
impossible de rien distinguer à quelques pieds de nous.
Bientôt aussi, le vent tomba entièrement, et le calme se
fit intense.

45 On n'entendait que le grincement régulier des avirons
dans les tolets[8], et le bruissement à peine perceptible de
la houle sur les galets de la rive.

---

6 Écrivain anglo-québécois (1856-1904).

7 Replier la voile autour du mât.

8 Cheville de fer ou de bois servant de point d'appui à l'aviron,
et qui s'enfonce dans une pièce de bois, la toletière, fixée sur le
plat-bord d'une embarcation.

À chaque palade[9] des rames plongeant dans le fleuve, l'eau dormante et unie comme de l'huile s'éclairait de ra-
50 pides et phosphorescentes lumières, qui contribuaient encore à rendre l'obscurité plus profonde, et plus profonde aussi l'impression de cette nuit morne.

Tout le monde gardait le silence.

Les hommes ramaient avec ensemble – l'un d'eux enfon-
55 çant de temps en temps son aviron à pic pour s'assurer si le courant ne nous entraînait point au large.

Nous n'étions pas encore à mi-chemin, et il se faisait tard.

J'en pris tout de suite mon parti.

60 — Allons, mes amis, dis-je, stoppons ! Il est inutile d'aller plus loin ce soir. Nous allons atterrir, et camper ici pour la nuit.

Le son de ma voix – enrouée, c'est vrai, par la fraîcheur humide du soir – m'impressionna presque dans ce grand
65 silence.

À mon étonnement, les Indiens protestèrent avec énergie contre ma proposition.

— Non, non !... Pas aller à terre !... Pas ici !... Mauvaise place !... Mauvaise !...

70 Aux questions que je leur posai pour connaître le motif de leur répugnance, ils ne répondirent d'abord qu'en répétant le mot de « mauvaise place », avec des hoche-
ments de tête significatifs ; mais ils finirent par s'expliquer en disant, sur un ton mystérieux et terrifié, qu'il y
75 avait là une *épitaphe*.

Par épitaphe, ils entendaient sans doute une tombe, un tertre funéraire quelconque – lieu de sépulture solitaire

---

[9] Coup de rame.

de quelque victime de la mer – surmonté de la croix traditionnelle.

80 L'objection ne me parut pas péremptoire[10].

J'ordonnai quand même de mettre à terre ; et, m'aidant d'un aviron bien appuyé dans le sable, d'un saut je fus sur le rivage.

Les deux Canadiens me suivirent, mais les sauvages ne
85 voulurent point se laisser convaincre. Ils déclarèrent préférer s'ancrer au large et passer la nuit sur l'eau.

Sachant pouvoir me fier à eux, je les laissai faire et m'occupai, avec mes deux autres matelots, à nous préparer un campement confortable pour la nuit.

90 Nous étions munis d'épaisses couvertures ; et, comme la marée avait laissé plus d'un morceau de bois mort sur la plage, nous eûmes bientôt fait d'allumer quelques éclats. Et aussitôt que le feu eut commencé à flamber en pétillant, nous nous éloignâmes dans différentes directions
95 pour faire une provision de bois sec pour la nuit.

Il faisait encore plus sombre à terre que sur le fleuve.

Le sable ferrugineux du rivage, de couleur foncée, semblait absorber le peu de lumière que projetait notre vacillant foyer.

100 La chaloupe avait disparu, perdue dans l'obscurité, et je remarquai que nos courses à la recherche de combustible n'étaient ni lointaines ni prolongées.

Je ne crois pas être plus superstitieux qu'il ne faut, mais l'endroit où nous étions avait de sinistres antécédents ; et,
105 depuis des semaines, à la chute du jour, après la journée de travail, j'avais eu les oreilles rebattues de mille histoires de naufragés, de revenants et de vaisseaux-fantômes.

---

[10] Décisive.

Nous avions trouvé des canons et autres épaves enfoncés dans le sable noir de la grève.

110 Nos matelots en étaient vivement impressionnés ; ces vestiges de la célèbre catastrophe semblaient à leurs yeux comme une confirmation de la terrifiante légende.

En outre, nous étions sous le coup d'une journée de fatigue, et nul doute que notre longue nage dans le silence

115 et les ténèbres n'avait pas peu contribué à nous mettre un peu sur nos nerfs.

Néanmoins, notre flambée de bois mort nous réconforta petit à petit, et nous finîmes par nous mettre courageusement à la besogne.

120 Quant à moi, je me dirigeai tout droit du côté du cercle d'ombre formé autour de notre brasier, à la recherche d'une bûche quelconque qui pût alimenter celui-ci le plus longtemps possible.

Cette belle et bonne bûche que je cherchais, je faillis tré-

125 bucher dessus.

La trouvaille faite, rien ne me pressait plus.

Je m'arrêtai et regardai au loin, essayant de découvrir quelques-uns des grands bouquets de pins qui s'échelonnent de distance en distance le long de ces rivages

130 solitaires.

Mais l'obscurité était si épaisse qu'on ne pouvait distinguer aucune ligne de démarcation entre le ciel et l'horizon.

Tout était d'un noir d'encre.

135 Comme j'allais me baisser pour m'emparer de la bûche, notre feu flamba tout à coup en jetant une lueur plus vive, et je m'aperçus, avec une sensation d'effroi inutile

à dissimuler, qu'un des bouts du tronc sec reposait sur un tertre, à l'extrémité duquel une croix noire se dressait 140 vaguement dans l'ombre.

Je retrouvais là l'*épitaphe* dont les sauvages avaient parlé. Vous comprenez sans peine que la rencontre manquait de gaieté, dans les circonstances particulières où nous étions, au milieu de cette nuit d'une opacité lugubre, et 145 sur cette Pointe-aux-Anglais réputée pour ses histoires de revenants.

Je l'admets, je ne me sentais pas à mon aise.

Mais j'étais venu à la recherche d'une bûche ; je l'avais trouvée, et je tenais à l'avoir, en dépit de toutes les croix 150 funéraires du golfe.

Je m'agenouillai donc pour la charger sur mes épaules.

Pourquoi je relevai la tête ? Je n'en sais rien.

Mais, jugez de l'indicible terreur qui me saisit à la gorge, lorsque j'aperçus devant moi, de l'autre côté de la tombe, 155 une grande figure sinistre, avec une longue main blanche, droite et immobile, levée menaçante de mon côté.

Je lâchai la bûche, et bondis sur mes pieds.

Au même instant, l'apparition s'évanouissait dans le noir.

160 Ma première impression fut une peur irréfléchie. J'aurais voulu fuir, mais j'étais presque paralysé. La vue de cette chose effrayante m'avait figé sur place.

Je restai là, debout, muet, en face de cet impénétrable rideau de ténèbres, les cheveux dressés d'épouvante, 165 jusqu'à ce que la réflexion, l'orgueil – et mes nerfs sans doute – reprenant le dessus, je me dis :

— Il me faut pourtant cette bûche quand même !

*... avec une longue main blanche, droite et immobile, levée menaçante de
mon côté.* (Illustration de Edmond-Joseph Massicotte.)

Et je m'agenouillai de nouveau devant la tombe.

Pour le salut de mon âme, je ne pus m'empêcher de lever
170 encore une fois les yeux devant moi, bien que je me
fusse juré, une seconde auparavant, de n'en rien faire ; et
des gouttes de transpiration froide me tombèrent du
front, lorsque j'aperçus encore le fantôme, tout droit et
impassible, son redoutable geste toujours dirigé vers
175 moi.

De nouveau, la peur me redressa.

Et de nouveau, la vision s'évanouit.

J'eus la présence d'esprit de ne pas faire appel à mes camarades, qui n'eussent pas manqué de s'enfuir, en me

180 laissant seul devant cette tombe et ce spectre dans cette nuit noire.

Un bain d'eau froide ne m'aurait pas plus glacé ; mes genoux s'entrechoquaient : j'avais à peine la force de me tenir debout.

185 Enfin, mû par je ne sais quel instinct de bravade désespérée, je me baissai derechef[11] et saisis avec rage l'extrémité de la bûche.

Mais, quand j'aperçus pour la troisième fois le formidable fantôme, toujours debout et toujours menaçant, sa
190 blancheur sépulcrale se détachant blafarde et farouche sur le fond noir de l'horizon, je faillis m'écraser contre terre avec un râle d'agonie.

Mes sens me revinrent, cependant, et cette fois je me relevai en reculant de côté.

195 À ma profonde surprise, le fantôme ne disparut pas.

Au contraire, un éclat de lumière soudain projeté par notre feu de camp le rendit plus visible que jamais.

Alors mes nerfs se détendirent.

Un soupir – presque un cri de soulagement – s'échappa
200 de ma poitrine.

J'avais tout compris.

Il y avait là, la souche à demi déracinée d'un vieux pin, que le vent et la pluie avait dépouillée et blanchie, bizarrement dressée avec une branche sèche projetée du côté
205 de la tombe.

Par un hasard tout particulier, je m'étais avancé en droite ligne entre notre feu et cette souche, de façon, tant que je restai debout, à lui intercepter la lumière.

---

[11] Encore une fois.

Du moment que je me baissais, la souche s'éclairait dans
210 son attitude fantastique, et disparaissait aussitôt que ma
silhouette s'interposait entre elle et la flamme de notre
bûcher.

Si je m'étais seulement écarté d'un pas, pendant les longues minutes d'angoisse que je venais de traverser, le
215 mystère aurait à l'instant cessé d'en être un pour moi.

D'un autre côté, si je m'étais enfui à la première alarme,
j'aurais pu raconter – et de bonne foi – une des plus belles histoires de revenant qui aient jamais donné la chair
de poule aux amateurs de « contes à ma grand'mère ».

UNE VISION[1]

Il n'y a encore que quelques années, tout se réduisait, dans le domaine scientifique, soit à un positivisme brutal, soit à un spiritualisme transcendant, attribuant tous les mystères inexpliqués de la nature à l'action directe de
5 l'occultisme, quand on ne pouvait pas les assigner à l'intervention formelle de la Providence.

En présence de phénomènes un tant soit peu en dehors du cercle des connaissances actuelles, les uns niaient carrément le fait, lui opposant le mot *impossible* – dont
10 nulle intelligence humaine n'a pourtant le droit de définir la portée quand il s'agit de science spéculative ; les autres expliquaient tout par les mots *miracle* ou *maléfice*. Et, chose assez curieuse, bien que partant de principes si opposés, on en arrivait au même point : c'est-à-dire à
15 contester sans restriction l'existence de ce que l'on est convenu d'appeler le merveilleux dans le domaine purement physique ou matériel – tous par conséquent se proclamant, avec une entente aussi unanime que présomptueuse, les dépositaires de la science absolue.

20 Tous semblaient dire à la création, à la nature, à la loi éternelle et divine : Nous vous avons sondées jusqu'au fond ; nous avons mesuré votre action tout entière ; vous n'avez plus l'ombre d'un arcane[2] à nous révéler ; haltelà, vous n'irez pas plus loin !

25 Perpétuelle outrecuidance[3] de l'esprit humain !

Risible orgueil de la taupe qui, jaugeant tout à la mesure de sa taupinière et de son grain de blé, invoque son

---

[1] *Le Monde illustré*, 18 juin 1898, p. 100-101.

[2] Secret.

[3] Confiance excessive en soi.

aveuglement même pour nier le soleil et les constellations !

30 On commence à en rabattre un peu de part et d'autre, heureusement.

Devant les merveilles qui s'accomplissent tous les jours sous nos yeux, devant les découvertes physiques et physiologiques qui sont en train de révolutionner le monde

35 et d'ouvrir pour ainsi dire un nouvel avatar[4] à l'humanité, ceux qui pensent et essaient d'envisager l'avenir sans parti pris se demandent si la science du siècle n'a pas aujourd'hui le droit d'élever les yeux vers des hauteurs jusqu'ici interdites à ses regards, et de jeter à l'inconnu le

40 cri autrefois réputé sacrilège : *Quo non ascendam ?*[5]

— Vous voulez parler du spiritisme, me dira-t-on ; vous y croyez donc ?

Je réponds :

— Oui et non. Je crois au spiritisme, comme je crois à

45 l'alchimie. De même que les travaux des chercheurs du grand œuvre[6] ont produit la chimie moderne, il pourrait bien naître, des rêves du spiritisme, toute une branche de science *naturelle* dont les hypothèses les plus hardies ne sauraient mesurer ni le poids ni l'action dans les cho-

50 ses de l'avenir.

Notre siècle, qu'on a appelé le siècle de la matière[7], pourrait bien, avant d'avoir terminé son évolution, se servir de cette même matière pour ouvrir à l'humanité

---

[4] Métamorphose.

[5] En fait, *Quo non ascendet*, qui signifie « Où ne montera-t-il pas ? »

[6] Transmutation des métaux en or.

66 [7] XIXe siècle.

des horizons idéaux et spiritualistes que les songes des
55 plus ambitieux optimistes n'ont pas même osé pressentir.
Qu'on me pardonne de faire précéder, par ce long et so-
lennel préambule, une toute petite histoire bien naïve et
bien simple, que je tiens d'un brave missionnaire qui
m'en a affirmé sur l'honneur la complète authenticité
60 dans ses moindres détails.

La bonne foi du narrateur est pour moi hors de tout
doute ; et, du reste – on le verra par le fond même de
l'histoire – ces choses-là ne s'inventent pas.

C'était, il y a cinq ou six ans, pendant que se tenait à
65 Londres le *Congrès international de psychologie expérimentale*.

Nous étions cinq ou six amis, tous hommes d'études,
tous des esprits « ouverts à la conviction »[8], comme on
dit en anglais, et sans hostilité préconçue contre ce qui,
70 de prime abord, semble paradoxal dans les prétentions
de ceux qui veulent imprimer à la science une nouvelle
direction.

Et la conversation tomba sur l'hypnotisme, la suggestion, la double vue, la télépathie, la lucidité, le ma-
75 gnétisme, les expériences de Charcot[9], les affirmations
d'Eugène Nus[10], les dissertations du docteur Gibier,
les constatations extraordinaires de Lombroso[11], de

---

[8] Prêts à se laisser convaincre.
[9] Médecin français (1825-1893), fondateur de l'école de neu-
rologie de la Salpêtrière, connu pour ses travaux sur l'hystérie.
[10] Littérateur français (1816-1894), auteur de *Choses de l'autre
monde* (1880).
[11] Médecin et criminologue italien (1835-1909), connu pour ses
recherches sur le « criminel-né ».

Rochas[12] et de tant d'autres savants qui s'occupent de ces phénomènes physiques encore inexpliqués.

80 Et nous citions nombre de faits contrôlés par ces esprits sérieux avec toutes les précautions que la science expérimentale impose à ses chercheurs.

Nous parlions de matérialisation, de corps astrals, de dédoublement, de seconde vue, et en général de cette

85 science du psychisme, dont Gladstone[13] s'est occupé, dont les principaux membres de la Société Royale de Londres sont des adeptes, et dont le grand chimiste, le pasteur de l'Angleterre, William Crookes[14], est à la fois le parrain et le premier pontife.

90 Le missionnaire dont je viens de parler était avec nous ; il écoutait et hochait la tête.

— Voyons, monsieur l'abbé, fit quelqu'un, vous ne vous prononcez guère ; quelles sont vos idées là-dessus ?

— Ma foi, répondit-il, vous pourriez m'en conter long

95 sur ces questions avant de m'étonner.

— Vous croyez à ces phénomènes ?

— Certes ! j'ai même vu plus fort que tout ce que vous venez de signaler.

— Vraiment ?

100 — J'ai été témoin d'un fait futur.

— Bah ! est-ce sérieux ?

— Oui, messieurs ; moi qui vous parle, j'ai vu, de mes yeux vu, en pleine nuit, la tête couverte et les yeux

---

12 Eugène de Rochas d'Aiglun (1837-1914), écrivain français, auteur des *États profonds de l'hypnose* (1892).

13 John Hall Gladstone (1827-1902), chimiste et physicien anglais.

14 William Crookes (1832-1919), chimiste et physicien anglais, Prix Nobel de chimie (1907), s'intéressa au spiritisme.

fermés, quelque chose de très caractérisé, qui ne s'est
105 réellement produit que trois heures plus tard.

— Voilà qui est extraordinaire ; contez-nous cela.

— Volontiers.

Et le brave missionnaire, d'un ton de sincérité sur lequel
je n'ai pas besoin d'insister, nous relata l'étrange fait qui
110 suit :

« Dans l'hiver de 1886, dit-il, je voyageais en *carriole*, le
long de la rivière Gatineau, sur le chemin qui conduit de
Bascatong[15] à Maniwaki[16].

J'avais pour compagnon de route mon confrère mission-
115 naire, le père Dozois[17], et pour cocher un individu du
nom de Caron.

Nous revenions d'une petite mission dans les chantiers
du haut de la rivière, et nous approchions d'un endroit
qu'on appelle le Castor-Blanc[18], et où nous devions nous
120 séparer.

Le temps était beau et sec, les routes pas trop mauvaises ;
il faisait pleine lune ; et, comme nous craignions un peu
de dégel pour le lendemain, nous décidâmes de voyager
toute la nuit.

125 Nous étions, mon compagnon et moi, assez confortable-
ment installés sur un siège bien rembourré et bien clos,
avec nos peaux de buffles chaudement bordées autour
de nos épaules ; et, dans les longs intervalles de nos cau-
series, nous laissions nos rêves battre la campagne soli-
130 taire aux tintements monotones des grelots.

---

[15] Localité de l'Outaouais à une quarantaine de kilomètres de Maniwaki.

[16] Localité de l'Outaouais à 141 km de Hull.

[17] Nazaire-Servule Dozois (1859-1932), missionnaire oblat au
Témiscamingue.

[18] 15 km au nord de Maniwaki.

À la longue, le bercement de la voiture nous invita au sommeil ; et, notre peau de buffle soigneusement relevée sur nos têtes, un peu appuyés l'un sur l'autre, nous nous endormîmes, pendant que notre cocher sifflait un air du

135 pays et faisait claquer son fouet pour encourager sa bête. Après quelques heures de repos ainsi dérobées à la fatigue de la route, j'eus la conscience d'une étrange sensation.

Il se passait en moi quelque chose d'extraordinaire.

140 Je ne dormais plus, mais je ne me sentais pas complètement éveillé.

J'éprouvais comme une espèce de bien-être, très conscient, très lucide, mais qui aurait été mêlé à je ne sais quelle confuse impression du rêve.

145 C'était de la somnolence ; je m'en rendais parfaitement compte. Mais je me rendais aussi parfaitement compte, comme en pleine veille, du milieu ambiant et des circonstances qui m'entouraient.

J'entendais le bruit de la voiture, le timbre des grelots,

150 les ébrouements de notre cheval, les coups de sifflet du cocher, et même, par moments, les ronflements de mon camarade dont je sentais l'épaule presser la mienne.

Peu à peu cette perception des choses extérieures devint extrêmement intense, j'oserais dire plus intense

155 que dans le cours ordinaire de la vie éveillée.

C'était la première fois que je passais en cet endroit ; j'avais la tête entièrement recouverte d'une épaisse peau de buffle ; j'avais même les yeux hermétiquement clos ; or je voyais tout autour de moi, comme en plein jour, et

160 avec une précision de nuances et de contours extraordinaire.

Je pouvais compter les arbres, décrire les maisons, lire les enseignes.

Je pressentais même ce que je ne pouvais pas encore
165 apercevoir, les détours du chemin, les ponts, les montées et les descentes.

Plus que cela – et ici le mystère se corse – je pouvais nommer les villages, les rivières ; la moindre crique me semblait connue depuis dix ans.

170 Notez que tous ces détails furent amplement vérifiés quelques heures plus tard par notre cocher qui, lui, était familier avec les lieux que nous venions de parcourir.

Mais n'anticipons pas.

J'étais toujours dans cet état de torpeur lucide dont je
175 viens de parler, lorsque je m'aperçus que nous entrions dans un bois.

Alors j'eus une autre sensation étrange.

Il me sembla, de même que les distances se rapprochaient avec une incroyable vitesse, que le temps lui
180 aussi, comme dans certains rêves, se précipitait avec une rapidité vertigineuse.

En quelques minutes, je crus avoir parcouru des lieues et vécu des heures.

Je me trouvai de l'autre côté de la forêt, à l'orée du bois,
185 et j'aperçus à ma gauche, à quelques pas du chemin, une maison que je reconnaîtrais encore entre dix mille.

Le pignon faisait face à la route – un pignon ornementé et peinturluré d'une façon toute particulière – et dans une fenêtre percée entre la porte d'entrée, qui était

190 peinte en vert, et une autre ouverture, une femme se tenait debout, les manches retroussées, avec un chat gris
dans ses bras, un gros matou qu'elle caressait en nous regardant passer.

La vision était tellement vive, tellement accentuée dans
195 tous ses détails, que, malgré l'impression vague qui me
restait d'être le jouet d'une hallucination, je secouai ma
torpeur, et baissai brusquement la peau de buffle qui me
couvrait les yeux.

La lune s'était couchée, il faisait sombre, et nous étions
200 en plein bois.

Mon mouvement avait éveillé mon compagnon. Je lui ra-
contai ce qui venait de m'arriver.

— Vous avez rêvé, me dit-il, c'est bien simple.

Et il se rendormit.

205 En effet, moi-même je croyais bien avoir rêvé ; mais je
me disais : Quel drôle de rêve tout de même !

Je regardai à ma montre, il était quatre heures du matin.
Ne me sentant plus aucun besoin de sommeiller, j'es-
sayai de tuer le temps en égrenant mon chapelet ; mais
210 la singulière vision me poursuivit.

J'avais constamment cette maison, cette femme et ce chat
devant les yeux.

Enfin trois heures s'écoulèrent ; le jour s'était lentement
faufilé à travers les arbres, et le soleil venait d'apparaître
215 à l'horizon, lorsque, notre voiture ayant fait un brusque
détour, nous débouchâmes tout à coup à la lisière du
bois.

Jugez de ma stupéfaction, messieurs !

La maison était là – la maison vue dans mon som-
220 meil – absolument telle que je l'avais encore présente à
la mémoire, avec son pignon curieusement ornementé,
son badigeonnage de mauvais goût, sa porte verte et ses
deux fenêtres de façade.

Je poussai mon compagnon, et lui dis :

225 — Regardez !

Il se frotta les yeux, et une exclamation de terrifiante surprise lui échappa, lorsqu'il eut aperçu comme moi, dans
la fenêtre centrale de l'étrange maison, une femme qui,
les manches retroussées, nous regardait passer, en cares-
230 sant un énorme chat gris qu'elle tenait dans ses bras.

— C'est elle, lui dis-je en ne pouvant me défendre d'un
léger tremblement dans la voix ; je la reconnais parfaitement telle que je vous l'ai décrite et que je l'ai vue, il y a
trois heures.

235 Ainsi, messieurs, conclut le missionnaire, mon rêve – si
toutefois cela peut s'appeler un rêve – avait non seulement franchi par anticipation une distance d'au moins
six lieues, mais encore était allé au-devant d'un événement futur – si le mot événement n'est pas trop ambi-
240 tieux pour désigner un fait aussi vulgaire.

Comment expliquer ce phénomène ?

Je le laisse à plus habile que moi. »

— Et, monsieur l'abbé, demanda l'un des auditeurs,
n'avez-vous jamais pu retracer une liaison quelconque
245 entre ce fait et quelque autre circonstance subséquente
ou antérieure ?

— Jamais, monsieur, répondit le missionnaire. Le fait est
toujours resté pour moi d'une insignifiance absolue

comme portée pratique ou suggestive, et ne peut se rat-
250 tacher à rien de ce qui m'est arrivé avant ou après.

Et c'est bien ce qui m'intrigue le plus.

Si je pouvais voir là quelque avertissement, quelque si-
gnification bonne ou mauvaise, je conclurais au surnaturel, mais pas au mystère.

255 Tandis qu'en présence d'un fait sans valeur, sans consé-
quence et sans relation aucune avec quoi que ce soit, que
voulez-vous penser ?

— Avez-vous lu Bodisco ? demandai-je à l'intéressant
missionnaire.

260 — Non, monsieur.

— Eh bien, Bodisco, qui est un homme sérieux, un ancien ambassadeur russe, qui s'occupe beaucoup de ces
choses mystérieuses, dans son livre intitulé *Traits de lumière*, expose une théorie bien curieuse relativement à
265 ces visions d'événements futurs.

Il prétend que les faits, les abstractions même, ont
comme les individus, des corps astrals dont l'existence
perpétuellement instantanée serait indépendante du
cours du temps, et pourrait, à un moment donné et dans
270 des conditions spéciales, entrer en relation avec les
âmes.

Suivant lui, cela expliquerait les prédictions.

— C'est hardi ! fit le missionnaire.

— Dame...

Coq Pomerleau[1]

Inutile de vous présenter Jos Violon, n'est-ce pas ? Mes lecteurs connaissent le type.

Je ne dirai pas qu'il était en verve, ce soir-là : il l'était toujours ; mais il paraissait tout particulièrement gai ; et ce
5 fut par des acclamations joyeuses que nous l'applaudîmes, quand il nous annonça le récit des aventures de Coq Pomerleau.

Nous fîmes silence ; et, après s'être humecté la luette d'un petit verre de rhum, s'être fait claquer la langue
10 avec satisfaction, et avoir allumé sa pipe à la chandelle, en disant : « Excusez la mèche ! » il commença par sa formule ordinaire :

« Cric, crac, les enfants ! Parli, parlo, parlons ! Pour en savoir le court et le long, passez le crachoir à Jos Violon !
15 Sacatabi, sac-à-tabac, à la porte les ceuses qu'écouteront pas !... »

Puis, s'essuyant les lèvres du revers de sa manche, il aborda carrément son sujet :

— Vous avez p'tête ben entendu dire, les enfants, que
20 dans les pays d'En Haut[2], y avait des rivières qui coulaient en remontant. Ça l'air pas mal extrédinaire, c'pas ; et ben faut pas rire des ceuses qui vous racontent ça. Ces rivières-là sont ensorcelées. Écoutez ben ce que je m'en vas vous raconter.

25 C'était donc pour vous dire, les enfants, que c't automne-là j'étais, m'a dire comme on dit, en décis de savoir si j'irais en hivernement. Y avait quatorze ans que je faisais chanquier, je connaissais les hauts sus le bout de

---

1 *Almanach du peuple Beauchemin*, 1906, p. 200-220.
2 Chantiers sur les rivières Outaouais, Gatineau et Saint-Maurice.

mon doigt, le méquier commençait à me fatiguer le ga-
30 bareau[3], et j'avais quasiment une idée de me reposer
avec la bonne femme, en attendant le printemps.

J'avais même déjà refusé deux bons engagements, quand
je vis ressoudre un de mes grands oncles de la Beauce[4],
le bom'[5] Gustin Pomerleau, que j'avais pas vu depuis
35 l'année du grand choléra[6].

Y m'emmenait son garçon pour y faire faire sa cléricature
de voyageur et son apprentissage dans l'administration
de la grand'hache et du bois carré.

Ça prenait Jos Violon pour ça, vous comprenez.

40 Le bonhomme aimait à faire des rimettes :

— Mon neveu, qu'y me dit, v'là mon fils, j'te le confie,
pour son profit.

Fallait ben répondre sur la même air, c'pas ? J'y dis :

— Père Pomerleau, j'suis pas un gorlot, laissez-moi le
45 matelot, *sed libera nos à malo*[7] !

C'est ça, par exemple, qui tordit l'ambition au bom'
Gustin ! Y pensait pas que Jos Violon pouvait le matcher
de c'te façon-là, ben sûr.

— Comment c'qui s'appelle, le petit ? que je dis.

50 — Ah ! ben dame, ça, comment c'qui s'appelle ? je pourrais pas dire. Son parrain y avait donné un drôle de nom
qui rimait presque à rien ; et comme sa mère pouvait
jamais s'en rappeler, elle l'a toujours appelé P'tit Coq. Ça
fait que depuis ce temps-là, les gens de par cheux nous
55 l'appellent pas autrement que le Coq à Pomerleau, ou

---

3 Derrière [Société du parler français au Canada, *Glossaire du parler français au Canada* (GPFC), Québec, les Presses de
   l'Université Laval, 1968].

4 Région située au sud du Québec.

5 Bonhomme (GPFC).

6 1849.

7 «Mais délivrez-nous du mal», formule qui clôt le *Notre Père*.

ben Coq Pomerleau tout court. On y connaît pas d'aut'
signature.

Et pour mettre le fion au document, v'là le bonhomme
encore parti sus la rimette :

60 — Tu trouveras pas, sous vot' respec', dans tout Québec,
la pipe au bec, un jeune homme plus correc', t'auras pas
honte avec !

— Eh ben, que j'y dis, ça y est, mon Coq, j'te prends ! Va
t'acheter une chemise rouge, des bottes malouines[8], une

65 paire de raquettes, un couteau à ressort, un batte-feu[9],
avec une ceinture fléchée ; t'es mon clerc ! Et pi si t'es
plôqué[10], et que tu te comportes en brick[11], y aura pas
un ciseau dans Sorel[12] pour t'en remontrer l'année pro-
chaine, je t'en signe mon papier !

70 Huit jours après, on se crachait dans les mains, et ho !
sus l'aviron.

Parce que faut vous dire, les enfants, que dans ce temps-
là, c'était pas le *John-Munn* ni le *Québec*[13] qui nous montait au Morial. On faisait la route en canots d'écorce, par

75 gang de trois, quatre, cinq canots, en nageant[14] et en
chantant, qu'y avait rien de plus beau.

À c't heure, bondance ! y a pus de fun à voyager. On part,
on arrive : on voyage pas. Parlez-moi d'y a vingt-cinq à
trente ans, c'est Jos Violon qui vous dit ça ! C'était queu-

80 que chose, dans ce temps-là que le méquier de voyageur !

---

8 Bottes fortes (GPFC).

9 Briquet (GPFC).

10 Qui a du courage, de l'assurance, de l'aplomb, de l'audace
   (GPFC).

11 Gaillard, généreux (GPFC).

12 Localité de la Montérégie à 85 km au nord-est de Montréal.

13 Bateaux à vapeur.

14 Ramer [Léandre Bergeron, *Dictionnaire de la langue québécoise*
   (DLQ), Montréal, VLB, 1980].

Le Coq, qu'avait jamais, lui, travelé[15] autrement qu'en berlot[16] ou en petit cabarouette[17] dans les chemins de campagne, avait pas tout à fait la twist dans le poignet pour l'aviron ; mais on voyait qu'y faisait de son mieux 85 pour se dégourdir.

Avec ça qu'y devait avoir de quoi pour se dégourdir le canayen en effette, parce que, de temps en temps, je le voyais qui se passait la main dans sa chemise, et qui se baissait la tête, sous vot' respec', comme pour sucer què-90 que chose.

Je croyais d'abord qu'y prenait une chique ; mais y a des imites pour chiquer. On a beau venir de la Beauce, un homme peut toujours pas virer trois ou quatre torquet-tes[18] en sirop dans son après-midi.

95 Enfin, je m'aperçus qu'au lieur de prendre une chique, c'était d'autre chose qu'y prenait.

— L'enfant de potence ! que je dis, il va être mort-ivre avant d'arriver à Batiscan[19].

Mais, bougez pas ! c'est pas pour rien dire de trop, mais 100 j'cré que si le vlimeux avait besoin de s'exercer le bras, c'était toujours pas pour apprendre à lever le coude.

Sous ce rapport-là, les camarades aussi ben comme moi, on fut pas longtemps à s'apercevoir que sa cléricature était faite ; le flambeux[20] gardit sa connaissance jusqu'à 105 Trois-Rivières.

Là, par exemple, les enfants, ça fut une autre paire de man-ches. C'était pus un jeune homme, c'était une tempête.

---

[15] Voyager.

[16] Voiture d'hiver faite d'une boîte oblongue sur patins (GPFC).

[17] Voiture légère à deux roues et à un seul cheval (GPFC).

[18] Tablette de tabac (GPFC).

[19] Localité à proximité de Trois-Rivières.

[20] Bon à rien, vicieux (GPFC).

Où c' qu'il avait appris à sacrer comme ça ? je le demande. C'était toujours pas à Trois-Rivières, puisqu'il ve-
110 nait d'arriver.

En tout cas, il avait pas besoin de faire de cléricature pour ça non plus. C'est mon opinion !

Dans la soirée, on se rencontrit avec d'autres voyageurs qui partaient pour les chanquiers du Saint-Maurice ; et
115 je vous persuade que les voyageurs de Trois-Rivières, les enfants, c'est ça qu'est toffe !

Quoi qu'il en soit, comme dit M. le curé – à propos de je sais pas quoi, v'là la chicane pris entre mon Coq Pomerleau épi une grande gaffe de marabout de six
120 pieds et demi, du nom de Christophe Brindamour, qu'avait un drôle de surbroquet.

Christophe Brindamour, vous comprenez, c'était ben trop long à dégoiser pour les camarades. On l'avait baptisé le grand *Crisse*, en manière de raccourcis.
125 Ah ! le Jupiter, c'est ça qu'avait du criminel dans le corps ! Je pensais ben qu'y ferait rien qu'une bouchée de mon petit apprenti de la Beauce ; mais comme ils étaient ben soûls tous les deux, ils se firent pas grand mal.

Seulement, le grand Crisse avait c'te histoire-là sus le
130 cœur, lui ; et, le lendemain matin, quand nos canots prirent le large, il était là sus le quai, qui inventait la vitupération des sacrements contre Coq Pomerleau.

On avait beau nager et filer dru, on entendait toujours sa voix de réprouvé qui hurlait à s'égosiller :

135 — Par le démon des Piles[21], par le chat noir des
     Forges[22], par le gueulard du Saint-Maurice[23], et tous
     les jacks mistigris[24] du Mont-à-l'Oiseau, j'te maudis,
     j't'emmorphose et j't'ensorcelle jusqu'à la troisième régé-
     nération ! Que le choléra morbus[25] te revire à l'envers, et
140 que le diable des Anglais te fasse sécher le dedans sus le
     bord du canot comme une peau de chat sauvage écor-
     ché. C'est le bonheur que j'te souhaite !
     Exétéra. Y en avait comme ça une rubandelle qui finissait
     pus ; que ça nous faisait redresser les cheveux, je vous
145 mens pas, raides comme des manches de pipes. Y nous
     semblait voir des trâlées de diablotins et de gripettes[26] y
     sortir tout vivants du gosier. Ah ! le Chrysostome...!
     Le pauvre Coq Pomerleau en tremblait comme une
     feuille, et baissait la tête pour laisser passer la squall[27] en
150 prenant son petit coup.
     Enfin, on finit toujours par être hors de vue, et chacun
     fit de son mieux pour continuer la route sur une autre
     chanson.

---

21 Grandes-Piles, localité de la Mauricie – Bois-Francs sur la
    Saint-Maurice.
22 Forges du Saint-Maurice à Trois-Rivières.
23 Ou beuglard du Saint-Maurice, « être invisible dont le cri fai-
    sait trembler les personnes n'ayant pas récité leur chapelet le
    dimanche à l'heure de la grand-messe » (Pierre DesRuisseaux,
    Dictionnaire des croyances et des superstitions, Montréal,
    Tryptique, 1989).
24 « Êtres légendaires, démoniaques et squelettiques qui, sur le
    coup de minuit, amorcent une danse infernale. Les pauvres
    chrétiens qui, sciemment ou non, ont offensé Dieu sont
    assurés de voir apparaître les jacks mistigris qui les entraînent
    dans leur folle sarabande. » (*Ibid.*)
25 Diarrhée saisonnière.
26 Diable, diablesse (GPFC).
27 Coup de vent, grain, rafale, bourrasque (GPFC).

On répondait faraud en accordant[28] sus l'aviron, et mal-
155 gré toutes les invictimes du grand Crisse, ça montait sus
le lac comme une bénédiction.

Mais Coq Pomerleau avait comme manière de diable-
bleu[29] dans le pignon, et qu'on chantît ou qu'on se repo-
sît, y restait toujours jongleur.

160 L'aviron au bout du bras, ou ben le sac de provisions sus
le dos dans les portages, il avait toujours la mine de ru-
miner quèque rubrique d'enterrement.

— Mon oncle... qu'y me dit un soir.

L'insécrable[30] m'appelait toujours son oncle, malgré que
165 je fus pas plus son oncle qu'il était mon neveu.

— Mon oncle, qu'y me dit un soir avant de s'endormir,
j'sut ensorcelé.

— De quoi ?

— J'sut ensorcelé.

170 — Es-tu fou ?

— Quand j'vous dis !

— Tais-toi donc !

— J'vous dis que j'sut ensorcelé, moi ! Le grand Crisse
m'a ensorcelé. Vous voirez si y nous arrive pas quèque
175 malheur !

— Dors, va !

Mais c'était toujours à recommencer, et ça fut comme ça
jusqu'à Bytown[31].

Pas moyen de y aveindre[32] autre chose de dedans le
180 baril. Le grand Crisse à Brindamour l'avait ensorcelé ; ça,

---

[28] Marquer la cadence (GPFC).

[29] Délire alcoolique (GPFC).

[30] Insupportable (GPFC).

[31] Ancien nom d'Ottawa.

[32] Tirer (GPFC).

il l'avait si ben vissé dans le coco, que y avait pas de tire-
bouchon capable d'en venir à bout. Il en démordait pas.
— Vous voirez, mon oncle, qu'y me renotait du matin au
soir, vous voirez que le maudit nous attirera quèque vi-
185 laine traverse.

Enfin, n'importe, comme dit M. le curé, nous v'lons rendus à Bytown, not' dernier poste avant de s'embarquer
dans la Gatineau, là où c'que j'allions faire chanquier
pour les Gilmore[33].

190 Comme de raison, pas besoin de vous dire que c'est pas
dans le caractère du voyageur de passer tout dret quand
on arrive à Bytown. Y faut au moins faire là une petite estation, quand on y fait pas une neuvaine.

Pour tant qu'à mon Coq Pomerleau, ça fut une brosse
195 dans les règles.

Ça fut une brosse dans les règles. (Illustration de Henri Julien.)

---

[33] Fondée en 1828, la Allan Gilmour and Company faisait le
commerce du bois sur l'Outaouais et la Gatineau. John et
David Gilmour, les frères d'Allan, l'un des fondateurs, y tra-
vaillaient.

Le rhum y coulait dans le gosier, qu'il avait tant seulement pas le temps d'envaler.

Une éponge, les enfants ! Ou plutôt un dalot[34] à patente.

Parole de Jos Violon, j'ai vu pintocher[35] ben des fois
200 dans ma profession de voyageur ; et ben, ça me faisait chambranler rien qu'à le regarder faire.

Pour piquer au plus court, je pourrais pas dire si c'te inondation-là durit ben longtemps, mais je sais ben qu'arrivés su not' départ, mon Coq Pomerleau était si tel-
205 lement soûl, que je fus obligé de le porter dans le canot.

Épi en route sus la Gatineau, en chantant :

> C'est les avirons qui nous mènent en haut,
> C'est les avirons qui nous montent.

Faulait nous voir aller, les enfants !

210 On aurait dit, ma grand'conscience, que les canots sortaient de l'eau à chaque coup d'avirons.

Pas de courant pour la peine ; on filait comme le vent, ni plus ni moins.

Coq Pomerleau, lui, ronflait dans le fond du canot, que
215 c'était un plaisir de l'entendre.

Ça marchit comme ça, jusqu'à tard dans l'après-midi.

Mais j'étions pas au plus beau, comme vous allez voir.

Quand ça vint sus les quatre heures, v'là-t-y pas mon paroissien qui se réveille...

220 Enragé, les enfants ! Enragé !

On savait ben ce qu'il avait bu, mais on savait pas ce qu'il avait mangé : il avait le démon dans le corps.

— J'sut ensorcelé ! qu'y criait comme un perdu ; j'sut ensorcelé !

---

34 Gosier (DLQ).
35 Boire avec excès (GPFC).

225 J'essayis de le calmer, mais j't'en fiche ! Y sautait dans le canot comme un éturgeon au bout d'une ligne.

Ça pouvait nous faire chavirer, vous comprenez ben. V'là les camarades en fifre[36].

— Faites-lé tenir tranquille ! que me crie le boss, ou ben,
230 je le fais bougrer[37] à l'eau.

C'était pas aisé de le faire tenir tranquille, le véreux connaissait pus personne. Y criait, y hurlait, y tempêtait, y se débattait comme un possédé, y avait pas moyen d'en jouir[38].

235 Tout à coup, bang ! v'là une, deux, trois lames dans le canot.

Le boss lâche une bordée de sacres, comme de raison.

— À terre ! qu'il crie ; à terre, bout de crime ! Laissons-lé en chemin, et que le diable le berce ! On va-t-y se lais-
240 ser neyer par ce torrieux-là ?

Et v'là le canot dans les joncs.

— Débarque ! débarque, pendard ! on en a assez de toi.

— J'sut ensorcelé ! criait Coq Pomerleau.

— Eh ben, va te faire désensorceler par ta grand'mère,
245 ivrogne ! que répondait le boss.

— Débarque ! débarque ! criaient les autres.

Y avait pas moyen de rébicheter[39], faulait ben obéir.

Mais c'était mon clerc, c'pas ; je pouvais pas l'ambâdonner.

250 — Je débarque avec, que je dis.

— Comme tu voudras, que fait le boss.

---

36 De mauvaise humeur, en colère (GPFC).
37 Jeter (GPFC)
38 Venir à bout de (GPFC).
39 Se rebiffer (GPFC).

Et nous v'lons tous les deux dans la vase jusqu'aux genoux.

— Quiens ! v'là des provisions, que me crie un des cama-
255 rades en me jetant la moitié d'un petit pain, et bonsoir ! Après ça, file !

Pas besoin de vous dire si j'avais le visage long, tout fin seul sus c'te grève, avec mon soûlard sus les bras, et la moitié d'un petit pain pour toute consolation.

260 Chanceusement que Jos Violon est pas venu au monde dans les concessions[40], vous savez ça. J'avais remarqué en montant un vieux chanquier en démence[41], où c'que j'avions campé une fois dans le temps, et qui se trouvait pas ben loin d'où c'qu'on nous avait dit bonsoir.

265 J'traînis mon Coq Pomerleau jusque-là ; on cassit une croûte, et la nuit arrivée, nous v'là couchés sus un lit de branches de sapin, et dors, garçon !

Le lendemain, au petit jour, on était sus pied.

Mais v'là-t-y pas une autre affaire ! Embrouillés, les en-
270 fants, embrouillés, que y avait pas moyen de reconnaître où c'que j'en étions.

Coq Pomerleau surtout se tâtait, se revirait sus tous les bords, reniflait, regardait en l'air, comme un homme qu'a perdu trente-six pains de sa fournée.

275 Il était ben dessoûlé pourtant ; mais malgré ça, il avait l'air tout ébaroui[42].

— Mon oncle ! qu'y me dit.

— De quoi ? que je réponds.

— De queu côté qu'on est débarqué hier au soir ?

280 — C'te demande ! de ce côté icitte.

---

40 Rang, à l'extérieur d'un village (GPFC).

41 En ruine (GPFC).

42 Étonné (GPFC).

— C'est pas sûr, qu'y dit.

Je l'cré ben, que c'était pas sûr ; moi-même y avait un bout de temps que je me demandais si j'avais la berlue. Mais puisque le Coq s'apercevait de la manigance
285 comme moi, fallait ben qu'y eût du r'sort là-dedans.

Croyez-moi ou croyez-moi pas, les enfants, j'étions revirés bout pour bout, ou sens devant derrière, comme on voudra. Tandis qu'on dormait, le sorcier nous avait charriés avec le chanquier de l'autre côté de la Gatineau. Oui,
290 parole de Jos Violon ! c'était pas croyable, mais ça y était.

— Je vous le disais ben, que le maudit Brindamour m'avait ensorcelé ! que fit Coq Pomerleau.

— Si y t'avait ensorcelé tout seul, au moins ! que j'y réponds ; mais, d'après c'que je peux voir, j'sommes ensor-
295 celés tous les deux.

Coq Pomerleau, lui, qu'avait fêté, c'était pas surprenant qu'y fût un peu dans les pataques ; mais moi, qu'est toujours sobre... vous me connaissez.

C'est vrai que je défouis[43] devant une petite beluette
300 de temps en temps pour m'éclaircir le verbe, surtout quand j'ai une histoire à conter ou ben une chanson de cage à cramper sur l'aviron ; mais, parole de voyageur, vous pouvez aller demander partout où c'que j'ai roulé, et je veux que ma première menterie m'étouffe si vous
305 rencontrez tant seulement un siffleux pour vous dire qu'on a jamais vu Jos Violon autrement que rien qu'ben ! Mais c'était pas tout ci tout ça ; ensorcelé ou pas ensorcelé, on pouvait point rester là à se licher les babines dans c'te vieille cambuse qui timbait en bottes[44] ; fallait
310 rejoindre les camarades.

---

[43] Défiler.
86   [44] En ruine (GPFC).

— Quand même que le diable nous aurait traversés de l'aut' côté de la rivière, que je dis, ça nous empêche pas de suivre le rivage, ça ; on sait toujours ben de queu côté qu'y sont ; on va partir !

315 Et nous v'là partis.

Ça allait petit train, comme vous pensez ben. Mais – une permission du bon Dieu – devinez de quoi c'qu'on trouve échoué dans le fond d'une petite crique ? Un beau canot tout flambant neu, avec une paire d'avirons

320 qu'avaient l'air de nous attendre.

Il était peut-être pas perdu, le canot, mais on le trouvit tout de même ; et on fit pas la bêtise de le laisser perdre. Ça fait que nous v'lons à nager du côté du chanquier. Y avait pas un brin de courant ; et, bateau d'un nom ! on

325 filait que, y avait des fois, on aurait dit que le canot al- lait tout seul.

Y avait ben une grosse heure qu'on envoyait fort de c'te façon-là, quand le Coq s'arrête net de nager, et me dit :

— Mon oncle !

330 — De quoi ? que je réponds.

— Y a pas rien que nous aut' qu'étions ensorcelés.

— Oui ? quoi c'que y a encore ?

— La rivière est ensorcelée elle étout.

— Tu dis ?

335 — Je dis que la rivière étout est ensorcelée.

— Comment ça ?

— Eh ben, regardez voir : la v'là qui coule en remontant.

— Hein !...

Aussi vrai comme vous êtes là, les enfants, j'crus qu'y ve-

340 nait fou ; mais à force de faire attention, en mettant la

main dans le courant, en laissant aller le canot, en fisquant le rivage, y avait pas moyen de se tromper : la vingueuse de rivière remontait.

Oui, sus mon âme et conscience, a remontait !

345   C'était la première fois que je voyais ça.

Où c'que ça pouvait nous mener, c'te affaire-là ? on le savait point.

— C'est ben sûr qu'on s'en va dret dans le fond de l'enfer, que dit Coq Pomerleau ; revirons !

350   — Oui ! j'cré ben que c'est mieux de revirer en effette,
que je dis, avant que le courant soye trop fort.

Et je nous mettons à nager sus l'aut' sens, tandis que le
Coq Pomerleau marmottait dans ses ouies :

— Le maudit Brindamour ! si jamais j'le rejoins, y me
355   paiera ça au sanctus !

— Mais quoi c'qu'on va faire ? que je dis ; on n'est pas
pour retourner crever de faim dans le vieux chanquier.

— Redescendons à Bytown, que fait Coq Pomerleau.
J'en ai déjà assez de la vie de voyageur, moi ; j'aime
360   mieux la charrue.

— Comme tu voudras, que je dis ; je commence à être
joliment dégoûté moi étout. Courageons un peu, et j'at-
traperons Bytown en moins d'une journée, si le diable
s'en mêle pas.

365   Mais y s'en mêlait sûr et certain, parce que le plusse
qu'on descendait vers le bas de la rivière, et le plusse que
le courant remontait et repoussait dur. Faulait plier les
avirons en deux pour avancer.

Y avait-y une plus grande preuve qu'on nous avait jeté
370   un r'sort ?

Et dire que je devais ça à ce rôdeux de Coq Pomerleau !
Je me promettais ben de jamais prendre personne en apprentissage, quand on aperçut un canot qui venait au-
devant de nous autres. Y venait vite, comme de raison, il
375 avait le courant de son bord, lui.

Comme on allait se rencontrer, j'entendis une voix qui
criait :

— C'est-y toi, Jos Violon ?

— Oui ! que je dis tout surpris.

380 — Il est-y dessoûlé ?

Je vous mens pas, en entendant ça, je lâche mon aviron.

— Le Coq, que je dis, c'est nos gens !

— Comment, nos gens ? qui reviennent de Bytown ?

— Eh oui ! mais pas un mot ! Y sont ensorcelés eux au-
385 tres étout.

C'était ben le cas, allez ; on passit l'hiver ensorcelés, tout
ce que j'en étions.

Le soleil lui-même était ensorcelé ; y savait jamais de
queu côté se lever ni se coucher.

390 Les camarades prenaient ça en riant eux autres, je sais
pas trop pourquoi ; mais Coq Pomerleau pi moi, j'avions
pas envie de rire, une miette !

Aussi, ça fut mon dernier hivernement dans les chanquiers.

395 Pour tant qu'à Coq Pomerleau, il est allé une fois dans
le Saint-Maurice pour rencontrer le grand Christophe
Brindamour. Il en est revenu, à ce qu'on dit, avec trois
dents de cassées et un œil de moins.

Et cric, crac, cra ; sacatabi, sac-à-tabac ; son histoire finit
400 d'en par là.

Coq Pomerleau, par Louis Fréchette. (Illustration de Henri Julien.)

LE DIABLE DES FORGES[1]

HISTOIRE DE CHANTIER

C'était la veille de Noël 1849.

Ce soir-là, la « veillée de contes » avait lieu chez le père Jacques Jobin, un bon vieux qui aimait la jeunesse, et qui avait voulu faire plaisir aux jeunes gens de son canton et aux moutards du voisinage – dont je faisais partie – en nous invitant à venir écouter le conteur à la mode, c'est-à-dire Jos Violon.

Celui-ci, qui ne se faisait jamais prier, prit la parole tout de suite, et avec son assurance ordinaire lança, pour obtenir le silence, la formule sacramentelle :

— Cric, crac, les enfants ! Parli, parlo, parlons !... Pour en savoir le court et le long, passez le crachoir à Jos Violon ! Sacatabi, sac-à-tabac, à la porte les ceuses qu'écouteront pas !...

Et, le silence obtenu, le conteur entra en matière :

C'était donc pour vous dire, les enfants, que si Jos Violon avait un conseil à vous donner, ça serait de vous faire aller les argots tant que vous voudrez dans le cours de la semaine, mais de jamais danser sus le dimanche ni pour or ni pour argent. Si vous voulez savoir pourquoi, écoutez c'que je m'en vas vous raconter.

C'te année-là, parlant par respect, je m'étions engagé avec Fifi Labranche, le joueur de violon, pour aller faire du bois carré sus le Saint-Maurice, avec une gang de par en-haut ramassée par un foreman des Price[2] nommé Bob Nesbitt ; un Irlandais qu'était point du bois de calvaire plusse qu'un autre, j'cré ben, mais qui pouvait pas, à ce

---

[1] *Almanach du peuple Beauchemin*, 1904, p. 98-122.
[2] La Compagnie William Price fut fondée le 1er mai 1820.

qu'y disait du moins, sentir un menteur en dedans de
quarante arpents. La moindre petite menterie, quand
30 c'était pas lui qui la faisait, y mettait le feu sus le corps.
Et vous allez voir que c'était pas pour rire : Jos Violon en
sait queuque chose pour en avoir perdu sa fortune faite.
À part de moi pi Fifi Labranche qu'étions de la Pointe-
Lévis, les autres étaient de Saint-Pierre les Baquets[3],
35 de Sainte-Anne la Parade[4], du Cap-la-Madeleine[5], de la
Pointe-du-Lac[6], du diable au Vert. C'étaient Tigusse
Beaudoin, Bram Couture, Pit' Jalbert, Ustache Barjeon,
le grand Zèbe Roberge, Toine Gervais, Lésime Potvin,
exétéra.
40 Tous des gens comme y faut, assez tranquilles, quoique
y en eût pas un seul d'eux autres qu'avait les ouvertures
condamnées, quand y s'agissait de s'emplir, Mais un
petit arrosage d'estomac, c'pas, avant de partir pour aller
passer six mois de lard salé pi de soupe aux pois, c'est
45 ben pardonnable.
On devait tous se rejoindre aux Trois-Rivières. Comme
de raison, les ceuses qui furent les premiers rendus trou-
virent que c'était pas la peine de perdre leux temps à se
faire tourner les pouces, et ça leur prit pas quinze jours
50 pour appareiller[7] une petite partie de gigoteuse.

---

[3] Saint-Pierre-les-Becquets, localité de la Mauricie – Bois-Francs
sur la rive sud du Saint-Laurent.

[4] Sainte-Anne-de-la-Pérade, localité de la Mauricie – Bois-Francs,
à une cinquantaine de kilomètres à l'est de Trois-Rivières.

[5] Cap-de-la-Madeleine, localité de la Mauricie – Bois-Francs, à
proximité de Trois-Rivières.

[6] Localité de la Mauricie – Bois-Francs, à une dizaine de kilomètres au sud-ouest de Trois-Rivières.

[7] Préparer (GPFC).

Quand ils eurent siroté chacun une couple de cerises, Fifi tirit son archet, et v'là le fun commencé, surtout pour les aubergistes, qui se lichaient les badigoinces en voyant sauter les verres sus les comptoirs et les chemises
55 rouges dans le milieu de la place. Ça dansait, les enfants, jusque sus les parapelles[8] !

Moi, je vous dirai ben, je regardais faire. La boisson, vous savez, Jos Violon est pas un homme pour cracher dedans, non ; mais c'est pas à cause que c'est moi : sus
60 le voyage comme sus le chanquier, dans le chanquier comme à la maison, on m'en voit jamais prendre plus souvent qu'à mon tour. Et pi, comme j'sus pas fort non plus sus la danse quand y a pas de criatures, je rôdais ; et en rôdant je watchais.

65 Je watchais surtout deux véreux de sauvages qu'avaient l'air de manigancer queuque frime avec not' foreman. Je les avais vus qui y montraient comme manière de petits cailloux jaunes gros comme rien, mais que Bob Nesbitt regardait, lui, avec des yeux grands comme des montres.

70 — Cachez ça ! qu'y leux disait ; et parlez-en pas à personne. Y vous mettraient en prison. C'est des choses défendues par le gouvernement.

Ç'avait l'air drôle, c'pas ; mais c'était pas de mes affaires ; je les laissis débrouiller leux micmac ensemble ; et je
75 m'en allais rejoindre les danseux, quand je vis ressoude le foreman par derrière moi.

— Jos Violon, qu'y me dit en cachette, c'est demain samedi ; tout not' monde seront arrivés ; occupez-vous pas de moi. Je prends les devants pour aller à la chasse avec
80 des sauvages. Comme t'es ben correct, toi, j'te laisse le

---

[8] Trottoir (GPFC).

93

commandement de la gang. Vous partirez dimanche au matin, et vous me rejoindrez à la tête du portage de la Cuisse. Tu sais où c'est que c'est ?

— Le portage de la Cuisse ? je connais ça comme ma
85 blague[9].

— Bon ! mais attention, les gaillards sont un petit brin mêchés ; faudrait point que personne d'eux autres se laissît dégrader[10]. Si y en a un qui manque, je m'en prendrai à toi, entends-tu ? Vous serez dix-huit, juste. Pour
90 pas en laisser en chemin, à chaque embarquement et à chaque débarquement, conte-les. Ça y est-y ?

— Ça y est ! que je dis.

— Je peux me fier à toi ?

— Comme à Monseigneur.
95 — Eh ben, c'est correct. À lundi au soir, comme ça ; au portage de la Cuisse.

— À lundi au soir, et bonne chasse !

Je disais bonne chasse, comme de raison, mais je gobais pas c'te rubrique-là, vous comprenez. Comme il se par-
100 lait gros de mines d'or, depuis un bout de temps, dans les environs du Saint-Maurice, je me doutais ben de quelle espèce de gibier les trois sournois partaient pour aller chasser.

Mais n'importe ! comme je viens de vous le dire, c'était
105 pas de mes affaires, c'pas ; le matin arrivé, je les laissis partir, et je m'occupis de mes hommes, qu'étaient pas encore trop soûls, malgré la nuit qu'ils venaient de passer.

Quand je leur-z-eu appris le départ du boss, ça fut un cri
110 de joie à la lime.

---

[9] Blague à tabac, tabatière.
[10] Laisser en arrière (GPFC).

— Batêche ! qu'ils dirent, ça c'est coq. Y en a encore deux à venir ; sitôt qu'y seront arrivés, on partira ; faut aller danser aux Forges à soir.

— C'est faite ! que dit Fifi Labranche ; je connais ça les
115 Forges ; c'est là qu'y en a de la criature qui se métine.

— Je vous en parle ! que dit Tigusse Beaudoin ; des moules à jupes qui sont pas piqués des vers, c'est moi qui vous le dis.

— Eh ben, allons-y ! que dirent les autres.
120 Ça fut rien qu'un cri :

— Hourrah, les boys ! Allons danser aux Forges.
Les Forges du Saint-Maurice, les enfants, c'est pas le perron de l'église. C'est plutôt le nique du diable avec tous ses petits : mais comme j'étions pas partis pour faire une
125 ertraite, je leux dis :

— C'est ben correct, d'abord que tout le monde y seront.
Comme de faite, aussitôt que les deux derniers de la gang furent arrivés, on perdit pas de temps, et v'là toute not' monde dans les canots, l'aviron au bout du bras.
130 — Attendez, attendez ! que je dis ; on y est-y toutes d'abord ? Je veux pas laisser personne par derrière, moi ; faut se compter.

— C'est pas malaisé, que dit Fifi Labranche, de se compter. C'est dix-huit qu'on est, c'pas ? Et ben, j'avons trois
135 canots ; on est six par canot ; trois fois six font dix-huit, manquabe !

Je regardis voir : c'était ben correct.

— Pour lorsse, filons ! que je dis.
Et nous v'lons à nager[11] en chantant comme des rossi
140 gnols :

---

[11] Ramer, avironner (DLQ).

95

>   La zigonnette, ma dondaine !
>   La zigonnette, ma dondé !

Comme de raison, faulait ben s'arrêter de temps en
temps pour se cracher dans les mains, c'pas ; et pi
145   comme j'avions toute la gorge ben trop chesse pour ça,
on se passait le gouleron[12] à tour de rôle. Chaque canot
avait sa cruche, et je vous persuade, les enfants, que la
demoiselle se faisait prendre la taille plus souvent qu'une
erligieuse ; c'est tout ce que j'ai à vous dire.

150   Ça fait qu'en arrivant aux Forges, si tous mes suçons
marchaient, m'a dire comme on dit, à pas carrés, ça les
empêchait pas d'être joliment ronds, tout ce qu'ils en
étaient.

Ça les empêchit pas non plus, tout en marchant croche,
155   de se rendre ben dret chux le père Carillon, un vieux qui
tenait auberge presque en face de la grand'Forge.

Faulait ben commencer par se rafraîchir un petit brin, en
se rinçant le dalot[13], c'pas ?

Justement, y avait là un set de jeunesses à qui c'qu'y
160   manquait rien qu'un jouor de violon pour se dégourdir
les orteils. Et comme Fifi Labranche avait pas oublié son
ustensile, je vous garantis qu'on fut reçus comme la
m'lasse en carême.

Y avait pas cinq minutes qu'on était arrivés, que tout le
165   monde était déjà parti sur les gigues simples, les reels à
quatre, les cotillons[14], les voleuses, pi les harlapattes[15].

---

12 Goulot (GPFC).
13 Gosier (DLQ).
14 Danse sous forme de course rythmée, exécutée par une file de
    danseurs se tenant par la main.
96   15 Danse écossaise (GPFC).

Ça frottait, les enfants, que les sumelles en faisaient du
feu, et que les jupes de droguet[16] pi les câlines[17] en fri-
saient, je vous mens pas, comme des flammèches.

170 Faut pas demander si le temps passait vite.

Enfin, v'là que les mênuit qu'arrivent, et le dimanche
avec, comme de raison ; c'est la mode partout, le samedi
au soir.

— Voyons voir, les jeunesses, que dit la mère Carillon,
175 c'est assez ! On est tous des chréquins, pas de virvâle le
dimanche ! Quand on danse le dimanche d'eune maison, le méchant Esprit est sus la couverture.

— Tais-toi donc, la vieille ! que fit le père Carillon, ton
vieux Charlot[18] a ben trop d'autre chose à faire que de
180 s'occuper de ça. Laisse porter, va ! Souviens-toi de ton
jeune temps. C'est pas toi qui relevais le nez devant un
petit rigodon le dimanche. Écoutez-la pas, vous autres ;
sautez, allez !

— Eh ben, tant pire ! puisque c'est comme ça, que le
185 bon Dieu soit béni ! Arrive qui plante, je m'en mêle pus,
que fit la vieille en s'en allant.

— C'est ça, va te coucher ! que dit le père Carillon.

Jos Violon est pas un cheniqueux[19], ni un bigot, vous me
connaissez ; eh ben, sans mentir, j'avais quasiment envie
190 d'en faire autant, parce que j'ai jamais aimé à interboli-
ser[20] la religion, moi. Mais j'avais à watcher ma gang,
c'pas ; je m'en fus m'assire sus un banc, d'un coin, et
j'me mis à fumer ma pipe tout seul, en jonglant, sans

---

16 Étoffe de laine.
17 Coiffe, bonnet de femme (GPFC).
18 Le diable (GPFC).
19 Lâcheur (GPFC)).
20 Déranger (GPFC).

97

m'apercevoir que je cognais des clous en accordant sus
195 le violon de Fifi Labranche.

Je me disais en moi-même :

— Y vont se fatiguer à la fin, et je ferons un somme.

Mais bougez pas : le plusse qu'on avançait sus le dimanche, et le plusse que les danseux pi les danseuses se tré-
200 moussaient la corporation[21] dans le milieu de la place.

— Vous dansez donc pas, vous ? que dit en s'approchant
de moi une petite criature qui m'avait déjà pas mal relu-
qué depuis le commencement de la veillée.

— J'aime pas à danser sus le dimanche, mam'zelle, que
205 je répondis.

— Quins ! en v'là des escrupules, par exemple ! Jamais
je crairai ça. Un homme comme vous...

En disant « un homme comme vous », les enfants, c'est
pas à cause que c'est moi, mais la chatte me lance une
210 paire de z'yeux... tenez... Mais j'en dis pas plus long. La
bouffresse s'appelait Célanire Sarrazin ; une bouche, une
taille, des joues comme des pommes fameuses[22], et pi
avec ça croustillante, un vrai frisson... Mais, encore une
fois, j'en dis pas plusse.

215 J'aurais ben voulu résister, mais le petit serpent me
prend par le bras en disant :

— Voyons, faites pas l'habitant, monsieur Jos ; venez
danser ce cotillon-là avec moi.

Faulait ben céder, c'pas ; et nous v'là partis.

220 J'ai jamais tricoté comme ça de ma vie, les enfants.

La petite Célanire, je vous mens pas, sprignait au plancher de haut comme une sauterelle ; pour tant qu'à moi,
je voyais pus clair.

---

[21] Corps (GPFC).
98   [22] Sorte de pomme.

Ça fut comme si j'avais perdu connaissance ; parce que,
225 pour la mort ou pour la vie, les enfants, encore au jour
d'aujourd'hui, je pourrais pas vous dire comment est-ce
que je regagnis mon banc, et que je m'endormis en fu-
mant mon bougon[23].

— *Voyons, faites pas l'habitant, monsieur Jos ; venez danser ce cotillon-là
avec moi.* (Illustration de Henri Julien.)

Ça durit pas longtemps, par exemple, à ce que je pus
230 voir. Tout d'un coup, ma nom de gueuse de pipe
m'échappe des dents, et je me réveille...
Bon sang de mon âme ! je me crus ensorcelé.
Pus de violon, pus de danse, pus d'éclats de rire, pas un
chat dans l'appartement.
235 — V'là une batèche d'histoire ! que je dis ; où c'qui sont
gagnés ?

---

[23] Pipe à tuyau très court (GPFC).

J'étais à me demander queu bord prendre lorsque je vis ressoude la mère Carillon, le visage tout égarouillé[24], et la tête comme une botte de pesat au bout d'une fourche.

240 — Père Jos qu'a dit, y a rien que vous de sage dans toute c'te boutique icitte. Pour l'amour des saints, venez à not' secours, ou ben je sommes tous perdus.

— De quoi t'est-ce que y a donc, la petite mère ? que je dis.

245 — Le méchant Esprit est dans les Forges, père Jos.

— Le méchant Esprit est dans les Forges[25] ?

— Oui, la Louise à Quiennon Michel l'a vu tout à clair comme je vous vois là. Vl'à ce que c'est que de danser sus le dimanche !

250 — De quoi t'est-ce qu'elle a vu, la Louise à Quiennon Michel ?

— Le démon des Forges, ni plus ni moins ; vous savez ce que c'est. Elle était sortie, c'pas, pour rentrer sa capine qu'elle avait oubliée sus la clôture, quand elle entend

255 brimbaler le gros marteau de la Forge qui cognait comme en plein cœur de semaine. A regarde : la grand'cheminée flambait tout rouge en lançant des paquets d'étincelles. A s'approche : la porte était toute grande ouverte, éclairée comme en plein jour, tandis que

260 la Forge menait un saccage[26] d'enfer que tout en tremblait. On n'entendait pas tout ça, nous autres, comme de raison : les danseux faisaient ben trop de train. Mais la danse s'est arrêtée vite, je vous le garantis, quand la

---

[24] Hagard (GPFC).

[25] « La légende veut qu'il hante sous diverses formes — chat noir, homme de métier, beuglard, etc. — les ruines des forges du Saint-Maurice » (Pierre DesRuisseaux, *Dictionnaire des croyances et des superstitions*, Montréal, Tryptique, 1989).

[26] Tapage (GPFC).

Louise est entrée presque sans connaissance, en disant :
265 « Chut, chut ! pour l'amour du ciel ; le diable est dans
les Forges, sauvons-nous ! » Comme de raison, v'là tout
le monde dehors. Mais, ouicht !... pus rien de rien. La
porte de la Forge était fermée ; pas une graine de flambe
dans la cheminée. Tout était tranquille comme les autres
270 samedis au soir. C'est ben la preuve, c'pas, que ce que la
Louise a vu, c'est ben le Méchant qu'était après forger
queuque maréfice d'enfer contre nos danseux...

C'était ben ce que je me disais, en sacrant en moi-même
contre c'te vingueuse de Célanire. Mais, comme Jos
275 Violon a pas l'habitude – vous me connaissez – de canner devant la bouillie qui renverse, je me frottis les yeux,
je me fis servir un petit coup, je cassis une torquette en
deux, et je sortis de l'auberge en disant :

— J'allons aller voir ça.

280 Je fus pas loin ; mes hommes s'en revenaient. Et, vous
me crairez si vous voulez, les enfants, le plus estrédinaire
de toute l'affaire, c'est qu'y avait pas gros comme ça de
lumière neune part. Tout était noir comme dans le fond
d'un four, noir comme sus le loup.

285 Oui, les enfants, Jos Violon est encore plein de vie ; eh
ben, je vous le persuade, j'ai vu ça, moi ; j'ai vu ça de
mes yeux. C'est-à-dire que j'ai rien vu en toute, vu qu'y
faisait trop noir.

On l'avait paru belle, allez. À preuve que, quand on fut
290 rentrés dans la maison, on commencit toutes à se regarder avec des visages de trente-six pieds de long ; et que
Fifi Labranche mit son violon dans sa boîte en disant :

— Couchons-nous !

Vous savez comment c'qu'on se couche dans le voyage,
295 c'pas ? Faudrait pas vous imaginer qu'on se perlasse le
canayen sus des lits de pleume, non. On met son gilet de
corps plié en quatre sur un quarquier de bois ; ça fait
pour le traversin. Pour la paillasse, on choisit un madrier
du plancher, où c'que y a pas trop de nœuds, et pi on
300 s'élonge le gabareau dessus. Pas pus de cérémonie que
ça.

— T'as raison, Fifi, couchons-nous ! que dirent les autres.

— Attendez voir, que je dis à mon tour ; c'est ben correct, mais vous vous coucherez toujours point avant que
305 je vous aie comptés.

Je me souvenais de ce que le foreman m'avait recommandé, c'pas. Pour lorsse, que je les fais mettre en rang
d'oignons, et pi je compte :

— Un, deux, trois, quatre, cinq... Dix-sept.
310 Rien que dix-sept.

— Je me suis trompé, que je dis. Et je recommence.

— Un, deux, trois, quatre... dix-sept ! Toujours dix-
sept !... Batêche, y a du crime là-dedans ! que je dis.
Y m'en manque un. En faut dix-huit ; où c'qu'est l'autre ?
315 Motte !

— Qui c'qui manque, là, parmi vous autres ?
Pas un mot.

— C'est toujours pas toi, Fifi ?

— Ben sûr que non.
320 — C'est pas toi, Bram ?

— Non.

— Pit' Jalbert ?

— Me v'là.

— Ustache Barjeon ?

325 — Ça y est.

— Toine Gervais ?

— Icitte.

— Zèbe étout ?

— Oui.

330 Y étaient toutes.

Je recommence à compter.

Dix-sept ! comme la première fois.

— Y a du r'sort ! que je dis, mais il en manque toujours un, sûr. On peut pas se coucher comme ça, faut le sar-
335 cher. Y a pas à dire : « Catherine » , le boss badine pas avec ces affaires-là : me faut mes dix-huit.

Sarchons ! que dit Fifi Labranche : si le diable des Forges l'a pas emporté, on le trouvera ou ben y aura des confitures dans la soupe.

340 — Si on savait qui c'est que c'est au moins, que dit Bram Couture, on pourrait l'appeler.

— C'est pourtant vrai, que dit Toine Gervais, qu'il en manque un, et pi qu'on sait pas qui c'est que c'est.

C'était ben ce qui me chicotait le plusse, vous compre-
345 nez ; on pouvait pas avoir de meilleure preuve que le diable s'en mêlait.

N'importe ! on sarchit, mes amis ; on sarchit sour les bancs, sour les tables, sour les lits, dans le grenier, dans la cave, sur les ravallements[27], derrière les cordes de
350 bois, dans les bâtiments, jusque dans le puits...

Personne !

On sarchit, comme ça, jusqu'au petit jour. À la fin, v'là les camarades tannés.

---

[27] Grenier, combles (GPFC).

— Il est temps d'embarquer, qu'y dirent. Laissons-lé ! Si
355 le flandrin est dégradé, ça sera tant pire pour lui. Il avait
tout en belle de rester avec les autres... Aux canots !

— Aux canots ! aux canots !

Et les v'lont qui dégringolent du côté de la rivière.

Je les suivais, bien piteux, comme de raison. De quoi
360 c'que j'allais pouvoir dire au boss ? N'importe, je fais
comme les autres, je prends mon aviron, et à la grâce du
bon Dieu, j'embarque.

— Tout le monde est paré ? Eh ben, en avant nos gens.

— Mais, père Jos, que dit Ustache Barjeon, on y est
365 toutes.

— On y est toutes ?

— Ben sûr ! Comptez : on est six par canot ; trois fois six
font dix-huit.

— C'est bon Dieu vrai, que dit Fifi Labranche, comment
370 c'que ça peut se faire ?

Aussi vrai que vous êtes là, les enfants, je comptis au
moins vingt fois de suite ; et y avait pas à berlander[28], on
était ben six par canot, c'qui faisait not' compte juste.

J'étais ben content d'avoir mon nombre, vous compre-
375 nez ; mais c'était un tour du Malin, allez, y avait pas à
dire ; parce qu'on eut beau se recompter, se nommer, se
tâter chacun son tour, pas moyen de découvrir qui c'est
qu'avait manqué.

Ça marchit comme ça jusqu'au lendemain dans l'après-
380 midi. Toujours six par canot : trois fois six, dix-huit.
Jusqu'à tant qu'on eut atteint le rapide de la Cuisse, là où
c'qu'on devait faire portage pour rejoindre Bob Nesbitt,
on fut au complet.

---

28 Hésiter (GPFC).

En débarquant à terre, comme de raison, ça nous encou-
385 ragit à faire faire une couple de tours à la cruche. Et pi,
quand on a nagé en malcenaire toute une sainte journée
de temps, ça fait pas de mal de se mettre queuque chose
dans le collet, avant de se plier le dos sour les canots, ou
de se passer la tête dans les bricoles[29].

390 Ça fait que, quand on eut les intérieurs ben arrimés, je
dis aux camarades :

— À c'te heure, les amis, avant qu'on rejoigne le boss, y
s'agit de se compter pour la dernière fois. Mettez-vous
en rang, et faut pas se tromper, c'te fois-citte.

395 Et pi, je commence ben lentement, en touchant chaque
homme du bout de mon doigt.

— Un ! deux ! trois ! quatre ! cinq ! six ! sept ! huit !...
Dix-sept !...

Les bras me timbent.

400 Encore rien que dix-sept !...

Sur ma place dans le paradis, les enfants, encore au jour
d'aujourd'hui, je peux vous faire serment devant un
échafaud que je m'étais pas trompé. C'était ni plus ni
moins qu'un mystère, et le diable m'en voulait, sûr et
405 certain, rapport à c'te vlimeuse de Célanire.

— Mais qui c'qui manque donc ? qu'on se demandait en
se regardant tout ébarouis.

Ma conscience du bon Dieu, les enfants, j'avais déjà vu
ben des choses embrouillées dans les chantiers ; eh ben,
410 c'te affaire-là, ça me surpassait.

Comment me remonter devant le foreman avec un
homme de moins, sans tant seurement pouvoir dire

---

[29] Courroie qui passe sur le front et qui permet de répartir le
poids des marchandises lors d'un portage.

lequel est-ce qui manquait ? C'était ben le moyen de me faire inonder de bêtises.

415 N'importe ! comme dit M. le curé, on pouvait toujours pas rester là, c'pas ? fallait avancer.

On se mettit donc en route au travers du bois, et dans des chemins, sous vot'respec', qu'étaient pas faits pour agrémenter la conversation, je vous le persuade.

420 À chaque détour, j'avais quasiment peur d'en perdre encore queuqu'un.

Toujours que, de maille et de corde, et de peine et de misère, grâce aux cruches qu'on se passait de temps en temps d'une main à l'autre, on finit par arriver.

425 Bob Nesbitt nous attendait assis sus une souche.

— C'est vous autres ? qu'y dit.

— À pu près ! que je réponds.

— Comment, à pu près ? Vous y êtes pas toutes ?

Vous vous imaginez ben, les enfants, que j'avais la façon
430 courte ; mais c'était pas la peine de mentir, c'pas ; d'autant que Bob Nesbitt, comme je l'ai dit en commençant, entendait pas qu'on jouît du violon sus c'te chanterelle-là. Je pris mon courage à brassée, et je dis :

— Ma grand'conscience, c'est pas de ma faute, monsieur
435 Bob, mais... y nous en manque un.

— Il en manque un ? Où c'que vous l'avez sumé ?

— On... sait pas.

— Qui c'est qui manque ?

— On... le sait pas non plus.

440 — Vous êtes soûls, que dit le boss ; je t'avais-t'y pas recommandé, à toi, grand flanc de Jos Violon, de toujours les compter en embarquant et en débarquant ?

— Je les ai comptés peut-être ben vingt fois, monsieur Bob.

445 — Eh ben ?

— Eh ben, de temps en temps, y en avait dix-huit, et de temps en temps y en avait rien que dix-sept.

— Quoi c'que tu ramanches[30] là ?

— C'est la pure vérité, monsieur Bob : demandez-leux.

450 — La main dans le feu ! que dirent tous les hommes, depuis le plus grand jusqu'au plus petit.

— Vous êtes tous pleins comme des barriques ! que dit le foreman. Rangez-vous de file que je vous compte moi-même. On verra ben ce qu'en est.

455 Comme de raison, on se fit pas prier ; nous v'lons toutes en ligne et Bob Nesbitt commence à compter.

— Un ! deux ! trois ! quatre !... Exétéra... Dix-huit ! qu'y dit. Où c'est ça qu'il en manque un ? Vous savez donc pas compter jusqu'à dix-huit, vous autres ? Je vous le

460 disais ben que vous êtes tous soûls... Allons vite ! faites du feu et préparez la cambuse, j'ai faim.

Le sourlendemain au soir, j'étions rendus au chanquier, là où c'qu'on devait passer l'hiver.

Avant de se coucher, le boss me prend par le bras, et

465 m'emmène derrière la campe.

— Jos, qu'y me dit, t'as coutume d'être plus correct que ça.

— Quoi c'que y a, monsieur Bob ?

— Pourquoi t'est-ce que tu m'as fait c'te menterie-là,

470 avant z'hier ?

— Queu menterie ?

---

[30] Conter (GPFC).

— Fais donc pas l'innocent ! À propos de cet homme qui manquait... Tu sais ben que j'aime pas à être blagué comme ça, moi.

475 — Ma grand'conscience !... que je dis.

— Tet ! tet ! tet !... Recommence pas.

— Je vous jure, monsieur Bob...

— Jure pas, ça sera pire.

J'eus beau me défendre, ostiner, me débattre de mon

480 mieux, le véreux d'Irlandais voulut pas m'écouter.

— J'avais une bonne affaire pour toi, Jos, qu'y dit, une job un peu rare ; mais puisque c'est comme ça, ça sera pour un autre.

Comme de faite, les enfants, aussitôt son engagement

485 fini, Bob Nesbitt nous dit bonsoir, et repartit tout de suite pour le Saint-Maurice avec un autre Irlandais.

Quoi c'qu'il allait faire là ? On sut plus tard que le chanceux avait trouvé une mine d'or dans les crans[31] de l'île aux Corneilles.

490 À l'heure qu'il est, Bob Nesbitt est queuque part dans l'Amérique à rouler carrosse avec son associé ; et Jos Violon, lui, mourra dans sa chemise de voyageur, avec juste de quoi se faire enterrer, m'a dire comme on dit, suivant les rubriques de not' sainte Mère.

495 De vot' vie et de vos jours, les enfants, dansez jamais sus le dimanche, ça été mon malheur.

Sans c'te grivoise de Célanire Sarrazin, au jour d'aujourd'hui Jos Violon serait riche foncé.

Et cric, crac, cra !... Sacatabi, sac-à-tabac ! Mon histoire

500 finit d'en par là.

---

[31] Rocher, falaise (GPFC).

TITANGE[1]

Ça, c'est un vrai conte de Noël, si y en a un ! dit le vieux Jean Bilodeau. Vous en auriez pas encore un à nous conter, Jos ? Vous avez le temps d'icitte à la messe de Mênuit.

5 — C'est-ça, encore un, père Jos ! dit Phémie Boisvert. Vous en sauriez pas un sus la Chasse-galerie, c'te machine dont vous venez de parler ?

— Bravo ! s'écria tout le monde à la ronde, un conte de Noël sus la Chasse-galerie !

10 Jos Violon ne se faisait jamais prier.

— Ça y est, dit-il. Cric, crac, les enfants... Parli, parlo, parlons... Et cœtera ; et il était entré en matière :

— C'était donc pour vous dire, les enfants, que c't'année-là, j'avions pris un engagement pour aller tra-
15 vailler de la grand'hache, au service du vieux Dawson, qu'avait ouvert un chanquier à l'entrée de la rivière aux Rats, sus le Saint-Maurice, avec une bande de hurlots de Trois-Rivières, où c'qu'on avait mêlé tant seurement trois ou quatre chréquins de par en-bas[2].

20 Quoique les voyageurs de Trois-Rivières soient un set[3] un peu roffe, comme vous verrez tout à l'heure, on passit pas encore un trop mauvais hiver, grâce à une avarie qu'arriva à un de nous autres, la veille de Noël au soir, et que je m'en vas vous raconter.

---

1 *La Noël au Canada*, 1900, p. 238-256.
2 En descendant le fleuve Saint-Laurent.
3 Groupe (GPFC).

25 Comme pour équarrir, vous savez, y faut une
grand'hache avec un piqueux[4], le boss m'avait accouplé
avec une espèce de galvaudeux[5] que les camarades ap-
pelaient – vous avez qu'à voir ! – jamais autrement que
Titange.

30 Titange ! c'est pas là, vous allez me dire, un subroquet[6]
ben commun dans les chantiers. J'sut avec vous autres ;
mais enfin c'était pas de ma faute, y s'appelait comme ça.
Comment c'que ce nom-là y était venu ?

Y tenait ça de sa mère... avec une paire d'oreilles, mes
35 amis, qu'étaient pas manchottes, je vous le persuade.
Deux vraies palettes d'avirons, sus vot' respèque !

Son père, Johnny Morissette, que j'avais connu dans le
temps, était un homme de chantier un peu rare pour la
solidité des fondations, et quoique d'un sang ben tran-
40 quille, un peu fier de son gabareau[7], comme on dit.

Imaginez la grimace que fit le pauvre homme, quand un
beau printemps, en arrivant chez eux après son hivernement, sa femme vint y mettre sour le nez une espèce de
coquecigrue[8] qu'avait l'air d'un petit beignet sortant de
45 la graisse, en disant : « Embrasse ton garçon ! »

— C'est que ça ?... que fait Johnny Morissette qui man-
quit s'étouffer avec sa chique.

— Ça, c'est un petit ange que le bon Dieu nous a envoyé
tandis que t'étais dans le bois.

---

[4] Ouvrier qui entame des billes de bois pour en faciliter l'équarrissage (GPFC).

[5] Vagabond (GPFC).

[6] Sobriquet (GPFC, *surbouquet*).

[7] Physique (GPFC, autre sens).

110 [8] Personne ridicule (GPFC).

50 — Un petit ange ! que reprend le père ; eh ben, vrai là,
j'crairais plutôt que c'est un commencement de bonhomme pour faire peur aux oiseaux !

Enfin, y fallait ben le prendre comme il était, c'pas ; et
Johnny Morissette, qu'aimait à charader[9], voyait jamais
55 passer un camarade dans la rue sans y crier :

— T'entre pas voir mon p'tit ange ?

Ce qui fait, pour piquer au plus court, que tout le
monde avait commencé par dire le p'tit ange à Johnny
Morissette, et que, quand le bijou eut grandi, on avait
60 fini par l'appeler Titange tout court.

Quand je dis « grandi », faudrait pas vous mettre dans
les ouïes, les enfants, que le jeune pût rien montrer en
approchant du gabarit de son père. Ah ! pour ça, non !
Il était venu au monde avorton, et il était resté avorton.
65 C'était un homme manqué, quoi ! à l'exception des
oreilles.

Et manquablement[10] que ça le chicotait gros, parce que
j'ai jamais vu, dans toute ma vie de voyageur, ni sus les
cages ni dans les bois, un petit tison d'homme pareil.
70 C'était gros comme rien, et pour se reconsoler, je suppose, ça tempêtait, je vous mens pas, comme vingt-cinq
chanquiers à lui tout seul.

À propos de toute comme à propos de rien, il avait toujours la hache au bout du bras, et parlait rien que de
75 tuer, d'assommer, de massacrer, de vous arracher les
boyaux et de vous ronger le nez.

Les ceuses qui le connaissaient pas le prenaient pour un
démon, comme de raison, et le craignaient comme la
peste ; mais moi je savais ben qu'il était pas si dangereux

---

[9] Poser une question embarrassante (GPFC).
[10] Probablement (GPFC).

80 que tout ça. Et pi, comme j'étais matché avec, c'pas, fal-
    lait ben le prendre en patience. Ce qui fait qu'on était
    resté assez bons amis, malgré son petit comportement.
    On jasait même quèque fois sus l'ouvrage, sans perdre
    de temps, ben entendu.
85 Un bon matin – c'était justement la veille de Noël – le
    v'là qui s'arrête tout d'un coup de piquer, et qui me
    fisque dret entre les deux yeux, comme quèqu'un qu'a
    quèque chose de ben suspèque à lâcher.
    Je m'arrête étout moi, et pi j'le regârde.
90 — Père Jos ! qu'y me dit en reluquant autour de lui.
    — Quoi c'que y a, Titange ?
    — Êtes-vous un homme secret, vous ?
    — M'as-tu jamais vu bavasser ? que je réponds.
    — Non, mais je voudrais savoir si on peut se fier à votre
95 indiscrétion.
    — Dame, c'est selon, ça.
    — Comment, c'est selon ?
    — C'est-à-dire que s'il s'agit pas de faire un mauvais
    coup...
100 — Y a pas de mauvais coup là-dedans ; y s'agit tant seu-
    rement d'aller faire un petit spree[11] à soir chez le bom'[12]
    Câlice Doucet de la Banlieue.
    — Queue banlieue ?
    — La banlieue de Trois-Rivières, donc. C'est un beau
105 jouor de violon que le bom' Câlice Doucet ; et pi les
    aveilles de Noël, comme ça, y a toujours une trâlée de
    créatures qui se rassemblent là pour danser.

---

[11] Soûlerie, bamboche, noce (GPFC).
112 [12] Bonhomme (GPFC).

— Mais aller danser à la banlieue de Trois-Rivières à soir ! Quatre-vingt lieues au travers des bois, sans chemins ni voitures... viens-tu fou ?

— J'avons pas besoin de chemins ni de voitures.

— Comment ça ? T'imagines-tu qu'on peut voyager comme des oiseaux ?

— On peut voyager ben mieux que des oiseaux, père Jos.

Campement de bûcherons (ANC. PA112493).

— Par-dessus les bois pi les montagnes ?

— Par-dessus n'importe quoi.

— J'te comprends pas !

— Père Jos, qu'y dit en regardant encore tout autour de nous autres pour voir si j'étions ben seux, vous avez donc pas entendu parler de la chasse-galerie, vous ?

— Si fait.

— Eh ben... ?

— Eh ben, t'as pas envie de courir la chasse-galerie, je suppose !

— Pourquoi pas ? qu'y dit, on n'est pas des enfants.

Ma grand' conscience ! en entendant ça, mes amis, j'eus une souleur[13]. Je sentis, sus vot' respèque, comme une haleine de chaleur qui m'aurait passé devant la physio-lomie. Je baraudais[14] sus mes jambes et le manche de ma
130 grand' hache me fortillait si tellement dans les mains, que je manquis la ligne par deux fois de suite, c'qui m'était pas arrivé de l'automne.

— Mais, Titange, mon vieux, que je dis, t'as donc pas peur du bon Dieu ?

135 — Peur du bon Dieu ! que dit le chéti[15] en éclatant de rire. Il est pas par icitte, le bon Dieu. Vous savez pas qu'on l'a mis en cache à la chapelle des Forges ?... Par en-bas, je dis pas ; mais dans les hauts[16], quand on a pris ses précautions, d'abord qu'on est ben avec le diable, on
140 est correct.

— Veux-tu te taire, réprouvé ! que j'y dis.

— Voyons, faites donc pas l'habitant, père Jos, qu'y re-prend. Tenez, je m'en vas vous raconter comment que ça se trime, c't'affaire-là.

145 Et pi, tout en piquant son plançon[17] comme si de rien n'était, Titange se mit à me défiler tout le marmitage. Une invention du démon, les enfants ! Que j'en frémis encore rien que de vous répéter ça.

Faut vous dire que la ville de Trois-Rivières, mes petits
150 cœurs, si c'est une grosse place pour les personnes dévo-tieuses, c'est ben aussi la place pour les celles qui le sont

---

13 Peur (GPFC).

14 Vaciller (GPFC, autre sens).

15 Chétif (GPFC).

16 En amont de la rivière Saint-Maurice, dans les chantiers, par rapport à en-bas, en aval, à Trois-Rivières.

114 17 Pièce de bois carré qui, assemblée avec d'autres, forme la cage.

pas beaucoup. Je connais Sorel[18] dans tous ses racoins ;
j'ai été au moins vingt fois à Bytown[19], « là où c'qu'y s'ra-
masse ben de la crasse », comme dit la chanson ; eh ben,
155 en fait de païens et de possédés sus tous les rapports,
j'ai encore jamais rien vu pour bitter[20] le faubourg des
Quat'-Bâtons à Trois-Rivières. C'est, m'a dire comme on
dit, hors du commun.

C'que ces flambeaux-là[21] sont capables de faire, écoutez :
160 Quand ils partent l'automne, pour aller faire chanquier
sus le Saint-Maurice, ils sont ben trop vauriens pour
aller à confesse avant de partir, c'pas ; eh ben comme ils
ont encore un petit brin de peur du bon Dieu, ils le mettent en cache, à ce qu'y disent.

165 Comment c'qu'y s'y prennent pour c'te opération-là,
c'est c'que je m'en vas vous espliquer, les enfants – au
moins d'après c'que Titange m'a raconté.

D'abord y se procurent une bouteille de rhum qu'a été
remplie à mênuit, le jour des Morts, de la main gauche,
170 par un homme la tête en bas. Ils la cachent comme y faut
dans le canot, et rendus aux Forges, y font une estation.
C'est là que se manigance le gros de la cérémonie.

La chapelle des Forges a un perron de bois, c'pas ; eh
ben, quand y fait ben noir, y a un des vacabonds qui lève
175 une planche pendant qu'un autre vide la bouteille dans
le trou en disant :

— *Gloria patri, gloria patro, gloria patrum !*

Et l'autre répond en remettant la planche à sa place :

---

18 Localité de la Montérégie, à 85 km au nord-est de Montréal.
19 Ancien nom d'Ottawa.
20 Surpasser (GPFC).
21 Bon à rien (GPFC, sous *flambeux*).

— *Ceuses qu'ont rien pris, en ont pas trop d'une bouteille de*
180 *rhum.*

— Après ça, que dit Titange, si on est correct avec Charlot[22], on n'a pas besoin d'avoir peur pour le reste de l'hivernement. Passé la Pointe-aux-Baptêmes, y a pus de bon Dieu, y a pus de saints, y a pus rien ! On peut se
185 promener en chasse-galerie tous les soirs si on veut. Le canot file comme une poussière, à des centaines de pieds au-dessus de terre ; et d'abord qu'on prononce pas le nom du Christ ni de la Vierge, et qu'on prend garde de s'accrocher sus les croix des églises, on va où c'qu'on
190 veut dans le temps de le dire. On fait des centaines de lieues en criant : Jack !

— Et pi t'as envie de partir sus train-là à soir ? que t'y dis.

— Oui, qu'y me répond.

— Et pis tu voudrais m'emmener ?

195 — Exaltement. On est déjà cinq ; si vous venez avec nous autres, ça fera six : juste, un à la pince[23], un au gouvernail, et deux rameurs de chaque côté. Ça peut pas mieux faire. J'ai pensé à vous, père Jos, parce que vous avez du bras, de l'œil pi du spunk[24]. Voyons, dites que
200 oui, et j'allons avoir un fun bleu à soir.

— Et le saint jour de Noël encore !... Y penses-tu ? que je dis.

— Quins ! c'est rien que pour le *fun* ; et le jour de Noël, c'est une journée de *fun*. La veille au soir surtout.

205 Comme vous devez ben le penser, les enfants, malgré que Jos Violon soye pas un servant de messe du premier

---

limaro[25], rien que d'entendre parler de choses pareilles, ça me faisait grésiller la pelure comme une couenne de lard dans la poêle.

210 Pourtant, faut vous dire que j'avais ben entendu parler de c'te invention de Satan qu'on appelle la chasse-galerie ; que je l'avais même vue passer en plein jour comme je vous l'ai dit, devant l'église de Saint-Jean-Deschaillons[26] ; et je vous cacherai pas que j'étais un peu
215 curieux de savoir comment c'que mes guerdins s'y prenaient pour faire manœuvrer c'te machine infernale. Pour dire comme de vrai, j'avais presquement envie de voir ça de mes yeux.

— Eh ben, qu'en dites-vous, père Jos ? que fait Titange.
220 Ça y est-y ?

— Ma frime, mon vieux, que je dis, dit-il, je dis pas que non. T'es sûr que y a pas de danger ?

— Pas plus de danger que sus la main ; je réponds de toute !

225 — Eh ben, j'en serons, que je dis. Quand c'qu'on part ?
— Aussitôt que le boss dormira, à neuf heures et demie au plus tard.
—Où ça ?
— Vous savez où c'qu'est le grand canot du boss ?
230 — Oui.
— Eh ben, c'est c'ty-là qu'on prend ; soyez là à l'heure juste. Une demi-heure après, on sera cheux le bom' Câlice Doucet. Et pi, en avant le *quick step*, le double-double et les ailes de pigeon ! Vous allez voir ça, père
235 Jos, si on en dévide une rôdeuse de messe de Mênuit, nous autres, les gens de Trois-Rivières...

---

25 Numéro (GPFC).
26 Localité de la Mauricie – Bois-Francs.

Et en disant ça, l'insécrable se met à danser sus son plançon un pas d'harlapatte[27] en se faisant claquer les talons,
comme s'il avait déjà été dans la milieu de la place cheux
240 le bom' Câlice Doucet, à faire sauter les petites créatures
de la banlieue de Trois-Rivières.

Tant qu'à moi, ben loin d'avoir envie de danser, je me
sentais grémir[28] de peur.

Mais vous comprenez ben, les enfants, que j'avais mon
245 plan.

Aussi, comme dit M. le curé, je me fis pas attendre. À
neuf heures et demie sharp[29], j'étais rendu avant les autres, et j'eus le temps de coller en cachette une petite
image de l'Enfant-Jésus dret sur la pince du canot.

250 — Ça c'est plus fort que le diable, que je dis en moi-
même ; et j'allons voir c'qui va se passer.

— Embarquons, embarquons vite ! que dit Titange à
demi-haut à demi-bas, en arrivant avec quatre autres
garnements, et en prenant sa place au gouvernail. Père
255 Jos, vous avez de bons yeux, mettez-vous à la pince, et
tenez la bosse. Les autres aux avirons ! Personne a de
scapulaire sus lui ?

— Non.

— Ni médailles ?

260 — Non.

— Ni rien de bénit, enfin ?

— Non, non, non !

— Bon ! Vous êtes tous en place ? Attention là, à c'te
heure ! et que tout le monde répète par derrière moi :
265 « Satan, roi des enfers, enlève-nous dans les airs ! Par la

---

[27] Danse écossaise (GPFC).

[28] Frémir (GPFC).

118 [29] Tapant.

vertu de Belzébuth, mène-nous dret au but ! Acabris, acabras, acabram, fais-nous voyager par-dessus les montagnes ! »... Nagez[30], nagez, nagez fort... à c'te heure ! Mais j'en fiche, on avait beau nager, le canot grouillait

270   pas.

— Quoi c'que ça veut dire, ça, bout de crime ?... que fait Titange. Vous avez mal répété : recommençons !

Mais on eut beau recommencer, le canot restait là, le nez dans la neige, comme un corps sans âme.

275   — Mes serpents verts ! que crie Titange en lâchant une bordée de sacres ; y en a parmi vous autres qui trichent. Débarquez les uns après les autres, on voira ben.

Mais on eut beau débarquer les uns après les autres, pas d'affaires ! la machine partait pas.

280   — Eh ben, j'y vas tout seul, mes calvaires ! et que le gueulard[31] du Saint-Maurice fasse une fricassée de vos tripes !... « Satan roi des enfers... ».

Exétéra.

Mais il eut beau crier : « Fais-moi voyager par-dessus les

285   montagnes », bernique ! le possédé était tant seurement pas fichu de voyager par-dessus une clôture.

Le canot était gelé raide.

Pour lorse, comme dit M. le curé, ce fut une tempête que les cheveux m'en redressent encore rien que d'y penser.

290   — Ma hache ! ma hache ! que criait Titange en s'égosillant comme un vrai nergumène. Je tue, j'assomme, j'massacre !... Ma hache !...

Par malheur, y s'en trouvait ben, une de hache, dans le fond du canot.

---

[30] Ramer (DLQ).
[31] Être nuisible qui hantait les Forges du Saint-Maurice.

295 Le malvat[32] l'empoigne, et, dret deboute sus une des
tôtes, et ses oreilles de calèche dans le vent, y la fait tourner cinq ou six fois autour de sa tête, que c'en était effrayant. Y se connaissait pus !

C'était une vraie curiosité, les enfants, de voir ce petit
300 maigrechigne qu'avait l'air d'un maringouin pommoni-
que, et pi qui faisait un sacacoua d'enfer, qu'on aurait dit
une bande de bouledogues déchaînés.

Tout le chantier r'soudit, c'pas, et fut témoin de l'affaire.
C'est au canot qu'il en voulait, à c'te heure.

305 — Toi, qu'y dit, mon cierge bleu ! J'ai récité les mots correct ; tu vas partir ou ben tu diras pourquoi !

Et en disant ça, y se lance avec sa hache pour démanti-
buler le devant du canot, là où c'quétait ma petite image.
Bon sang de mon âme ! on n'eut que le temps de jeter un
310 cri.

La hache s'était accrochée d'une branche, avait fait deux
tours en y échappant des mains, et était venue retimber
dret sus le bras étendu du malfaisant, que la secousse
avait fait glisser les quat'fers en l'air dans le fond du
315 canot. Le pauvre diable avait les nerfs du poignet coupés
net. Ce soir-là, à mênuit, tout le chantier se mit à genoux
et dit le chapelet en l'honneur de l'Enfant-Jésus.

Plusse que ça, le jour de l'An au soir y nous arrivit un
bon vieux missionnaire dans le chanquier, et on se fit pas
320 prier pour aller à confesse tout ce que j'en étions, c'est
tout c'que j'ai à vous dire ; Titange le premier.

Tout piteux d'avoir si mal réussi à mettre le bon Dieu en
cache, y profitit même de l'occasion pour prendre le
bord de Trois-Rivières, sans viser un seul instant, j'en

---

[32] Mauvais sujet (GPFC).

325 signerais mon papier, à aller farauder[33] les créatures
cheux le bom' Câlice Doucet de la Banlieue.

Une couple d'années après ça, en passant aux Forges du
Saint-Maurice, j'aperçus accroupi sus le perron de la
chapelle, un pauvre quêteux qu'avait le poignet tout cro-
330 chi, et qui tendait la main avec des doigts encroustillés
et racotillés[34] sans comparaison comme un croxignole[35]
de Noël.

Jos Violon
Et cric, crac, cra ! Exétéra. (Illustration de Henri Julien.)

En m'approchant pour y donner un sou, je reconnus
Titange à Johnny Morissette, mon ancien piqueux.
335 Et cric, crac, cra ! Exétéra.

---

[33] Faire la cour (GPFC).
[34] Recroquevillé, courbé (GPFC).
[35] Pâtisserie cuite dans la graisse (GPFC).

LE LOUP-GAROU[*][1]

Avez-vous entendu dire que la belle Mérance à Glaude
Couture était pour se marier, vous autres ?

Non.

— Eh ben, oui ; y paraît qu'a va publier la semaine qui
vient.

— Avec qui ?

— Devinez.

— C'est pas aisé à deviner ; elle a une vingtaine de cava-
liers autour d'elle tous les dimanches que le bon Dieu
amène.

— Avec Baptiste Octeau, je gage !

— Non.

— Damase Lapointe ?

— Vous y êtes pas... Tenez, vaut autant vous le dire tout
de suite : a se marie avec le capitaine Gosselin de Saint-
Nicolas.

— Avec le capitaine Gosselin de Saint-Nicolas ?

— Juste !

— Jamais je vous crairai !

— A va prendre ce mécréant-là ?

— Ah ! mais, c'est qu'il a de quoi, voyez-vous. Il lui a fait
présent d'une belle épinglette d'or, avec une bague en
diamant ; et la belle Mérance haït pas ça, j'vous l'dis !

— C'est égal ; y serait ben riche fondé, propriétaire de
toutes les terres de la paroisse, que je le prendrais pas,
moi.

---

* On retrouve certains traits du présent récit dans *L'Enfant mystérieux* de mon confrère, M. W. Eug. Dick. Évidemment, nous
avons dû nous inspirer de traditions plus ou moins identiques. – L.F.

[1] *La Noël au Canada*, 1900, p. 257-278.

— Ni moi ; un homme qu'a pas plus de religion...

— Qui fait pas ses pâques depuis une citée de temps[2]...

— Qu'on voit jamais à l'église...

30 — Ni à confesse...

— Qui courra le loup-garou un de ces jours, certain !

— Si tu disais une de ces nuits...

— Dame, quand il aura été sept ans sans recevoir l'absolution...

35 — Pauvre Mérance, je la plains !

— C'est pas drôle d'avoir un mari qui se vire en bête tous les soirs pour aller faire le ravaud[3] le long des chemins, dans les bois, on sait pas où. J'aimerais autant avoir affaire au démon tout de suite.

40 — C'est vrai qu'on peut le délivrer...

— Comment ça ?

— En le blessant, donc ; en y piquant le front, en y coupant une oreille, le nez, la queue, n'importe quoi, avec quèque chose de tranchant, de pointu ; pourvu qu'on

45 fasse sortir du sang, c'est le principal.

— Et la bête se revire en homme ?

— Tout de suite.

— Eh ben, merci ! j'aime mieux un mari plus pauvre, mais qu'on soye pas obligé de saigner.

50 — C'est comme moi ! s'écrièrent ensemble toutes les fillettes.

— Vous croyez à ces blagues-là, vous autres ? fit une voix ; bandes de folles !

La conversation qui précède avait lieu chez un vieux fer-

55 mier de Saint-Antoine de Tilly[4], où une quinzaine de

---

[2] Long espace de temps (GPFC).

[3] Tapage, désordre (GPFC).

[4] Localité de la région de Lotbinière.

jeunes gens du canton s'étaient réunis pour une « épluchette de blé d'Inde », après quoi on devait réveillonner avec des crêpes.

Comme on le voit, la compagnie était en train de découdre une bavette ; et, de fil en aiguille, c'est-à-dire de potin en cancan, les chassés-croisés du jabotage[5] en étaient arrivés aux histoires de loups-garous.

Inutile d'ajouter que cette scène se passait il y a déjà bien des années, car – fort heureusement – l'on ne s'arrête plus guère dans nos campagnes, à ces vieilles superstitions et légendes du passé.

D'ailleurs, l'interruption lancée par le dernier des interlocuteurs prouve à l'évidence que, même à cette époque et parmi nos populations illettrées, ces traditions mystérieuses rencontraient déjà des incrédules.

— Tout ça, c'est des contes à ma grand'mère ! ajouta la même voix, en manière de réponse aux protestations provoquées de tous côtés par l'irrévérencieuse sortie.

— Ta, ta, ta !... Faut pas se moquer de sa grand'mère, mon petit ! fit une vieille qui, ne prenant point part à l'épluchette, manipulait silencieusement son tricot, à l'écart, près de l'âtre[6], dont les lueurs intermittentes éclairaient vaguement sa longue figure ridée.

— Les vieux en savent plus long que les jeunes, ajoute-t-elle ; et quand vous aurez fait le tour de mon jardin, vous serez pas si pressés que ça de traiter de fous ceux qui croient aux histoires de l'ancien temps.

— Vous croyez donc aux loups-garous, vous, mère Catherine ? fit l'interrupteur avec un sourire goguenard sur les lèvres.

---

[5] *Jaboter* signifie « cancaner ».
[6] Foyer.

— Si vous aviez connu Joachim Crête comme je l'ai connu, répliqua la vieille, vous y crairiez ben vous autres étout, mes enfants.

— J'ai déjà entendu parler de c'te histoire de Joachim
90 Crête, intervint un des assistants ; contez-nous-la donc, mère Catherine.

— C'est pas de refus, fit celle-ci, en puisant une large prise au fond de sa tabatière de corne. Aussi ben, ça fait-y pas de mal aux jeunesses d'apprendre ce qui peut leux
95 pendre au bout du nez pour ne pas respecter les choses saintes et se gausser[7] des affaires qu'ils comprennent point. J'ai pour mon dire, mes enfants, qu'on n'est jamais trop craignant Dieu.

Malheureusement, le pauvre Joachim Crête l'était pas
100 assez, lui, craignant Dieu.

C'est pas qu'il était un ben méchant homme, non ; mais il était comme j'en connais encore de nos jours : y pensait au bon Dieu et à la religion quand il avait du temps de reste. Ça, ça porte personne en route.

105 Il aurait pas trigaudé[8] un chat d'une cope[9], j'cré ben ; y faisait son carême et ses vendredis comme père et mère, à c'qu'on disait. Mais y se rendait à ses dévotions ben juste une fois par année ; y faisait des clins d'yeux gouailleurs quand on parlait de la quête de l'Enfant-
110 Jésus devant lui ; et pi, dame, il aimait assez la goutte pour se coucher rond tous les samedis au soir, sans s'occuper si son moulin allait marcher sus le dimanche ou sus la semaine.

---

[7] Se moquer ouvertement.

[8] Taquiner, inquiéter (GPFC).

[9] Sou (GPFC).

125

Parce qu'il faut vous dire, les enfants, que Joachim Crête
115 avait un moulin, un moulin à farine, dans la concession
de Beauséjour, sus la petite rivière qu'on appelle la
Rigole.

C'était pas le moulin de Lachine[10], si vous voulez ; c'était
pas non plus un moulin de seigneurie ; mais il allait tout
120 de même, et moulait son grain de blé et d'orge tout
comme un autre.

Il me semble de le voir encore, le petit moulin, tout à
côté du chemin du roi. Quand on marchait pour not'
première communion, on manquait jamais d'y arrêter en
125 passant, pour se reposer.

C'est là que j'ai connu le pauvre malheureux : un
homme dans la quarantaine, qu'haïssait pas à lutiner les
fillettes, soit dit sans médisance.

Comme il était garçon, y s'était gréé une cambuse dans
130 son moulin, où c'qu'il vivait un peu comme un ours,
avec un engagé du nom de Hubert Sauvageau, un individu qu'avait voyagé dans les Hauts[11], qu'avait été sus les
cages[12], qu'avait couru la prétentaine un peu de tout
bord et de tout côté, où c'que c'était ben clair qu'il avait
135 appris rien de bon.

Comment c'qu'il était venu s'échouer à Saint-Antoine
après avoir roulé comme ça ? On l'a jamais su. Tout
c'que je peux vous dire, c'est que si Joachim Crête était
pas c'que y avait de plus dévotieux dans la paroisse,
140 c'était pas son engagé qui pouvait y en remontrer sus les
principes comme on dit.

---

10 Localité à quelques kilomètres au sud de Montréal.

11 Chantiers de l'Outaouais, de la Gatineau et du Saint-Maurice.

12 Train de bois (GPFC).

L'individu avait pas plus de religion qu'un chien, sus vot'
respèque. Jamais on voyait sa corporence[13] à la messe ;
jamais il ôtait son chapeau devant le Calvaire ; c'est toute
145 si y saluait le curé du bout des doigts quand y le rencon-
trait sus la route. Enfin, c'était un homme qu'était dans
les langages, ben gros.

— De quoi c'que ça me fait tout ça ? disait Joachim
Crête, quand on y en parlait ; c'est un bon travaillant qui
150 chenique[14] pas sus l'ouvrage, qu'est fiable, qu'est sobre
comme moi, qui mange pas plusse qu'un autre, et qui
fait la partie de dames pour me désennuyer : j'en trouve-
rais pas un autre pour faire mieux ma besogne, quand
même qu'y s'userait les genoux du matin au soir à faire
155 le Chemin de la Croix.

Comme on le voit, Joachim Crête était un joueur de
dames ; et si quéqu'un avait jamais gagné une partie de
polonaise avec lui, y avait personne dans la paroisse qui
pouvait se vanter de y avoir vu faire queuque chose de
160 pas propre sus le damier.

Mais faut craire aussi que le Sauvageau était pas loin de l'ac-
coter, parce que – surtout quand le meunier avait remonté
de la ville dans la journée avec une cruche – ceux qui passaient le soir devant le moulin les entendaient crier à tue-
165 tête chacun leux tour : — *Dame !* — *Mange !* — *Soufflé !* —
Franc-coin ! — *Partie nulle !...* Et ainsi de suite, que
c'était comme une vraie rage d'ambition.

Mais arrivons à l'aventure que vous m'avez demandé de
vous raconter.

170 Ce soir-là, c'était la veille de Noël, et Joachim Crête était
revenu de Québec pas mal lancé, et – faut pas demander

---

13 Corpulence (GPFC).
14 Renoncer à une entreprise (GPFC).

ça – avec un beau stock de provisions dans le coffre de sa carriole pour les fêtes.

La gaieté était dans le moulin.

175 Mon grand-oncle, le bonhomme José Corriveau, qu'avait une pochetée de grain à faire moudre, y était entré sus le soir, et avait dit à Joachim Crête :

— Tu viens à la messe de Mênuit sans doute ?

Un petit éclat de rire sec y avait répondu. C'était Hubert
180 Sauvageau qu'entrait, et qu'allait s'assire dans un coin, en allumant son bougon.

— On voira ça, on voira ça ! qu'y dit.

— Pas de blague, la jeunesse ! avait ajouté bonhomme Corriveau en sortant ; la messe de Mênuit, ça doit pas se
185 manquer, ça.

Puis il était parti, son fouet à la main.

— Ha ! ha ! ha !... avait ricané Sauvageau ; on va d'abord jouer une partie de dames, monsieur Joachim, c'pas ?

— Dix, si tu veux, mon vieux ; mais faut prendre un
190 coup premièrement, avait répondu le meunier.

Et la ribote[15] avait commencé.

Quand ça vint sus les onze heures, un voisin, un nommé Vincent Dubé, cogna à la porte :

— Coute donc, Joachim, qu'y dit, si tu veux une place
195 dans mon berlot[16] pour aller à la messe de Mênuit, gêne-toi pas : je suis tout seul avec ma vieille.

— Merci, j'ai ma guevale[17], répondit Joachim Crête.

— Vont'y nous ficher patience avec leux messe de Mênuit ! s'écria le Sauvageau, quand la porte fut fermée.

---

15 Joyeux excès de table ou de boisson.
16 Voiture d'hiver faite d'une boîte oblongue posée sur des patins (GPFC).
17 Jument (GPFC).

200   — Prenons un coup ! dit le meunier.

Et, en avant la pintochade[18], avec le jeu de dames !

Les gens qui passaient en voiture ou à pied se rendant à l'église, se disaient :

— Tiens, le moulin de Joachim Crête marche encore :
205   faut qu'il ait gros de farine à moudre.

— Je peux pas craire qu'il va travailler comme ça sus le saint jour de Noël.

— Il en est ben capable.

— Oui, surtout si son Sauvageau s'en mêle...
210   Ainsi de suite.

Et le moulin tournait toujours, la partie de dames s'arrêtait pas, et la brosse allait son train.

Une santé attendait pas l'autre.

Queuqu'un alla cogner à la fenêtre :

215   — Holà ! vous autres ; y s'en va mênuit. V'là le dernier coup de la messe qui sonne. C'est pas ben chrétien c'que vous faites là.

Deux voix répondirent :

— Allez au sacre ! et laissez-nous tranquilles !

220   Les derniers passants disparurent. Et le moulin marchait toujours.

Comme il faisait un beau temps sec, on entendait le tic-tac de loin ; et les bonnes gens faisaient le signe de la croix en s'éloignant.

225   Quoique l'église fût à ben proche d'une demi-lieue du moulin, les sons de la cloche y arrivaient tout à clair.

Quand il entendit le tinton, Joachim Crête eut comme une espèce de remords :

— V'là mênuit, qu'y dit, si on levait la vanne...

---

18   Action de boire avec excès (GPFC, *pintocher*).

230 — Voyons, voyons, faites donc pas la poule mouillée, hein ! que dit le Sauvageau. Tenez, prenons un coup et après ça, je vous fais gratter[19].

— Ah ! quant à ça, par exemple, t'es pas bletté[20] pour, mon jeune homme !... Sers-toi, et à ta santé !

235 — À la vôtre, monsieur Joachim !

Ils n'avaient pas remis les tombleurs[21] sus la table, que le dernier coup de cloche passait sus le moulin comme un soupir dans le vent.

Ça fut plus vite que la pensée... crac ! v'là le moulin ar-
240 rêté net, comme si le tonnerre y avait cassé la mécanique. On aurait pu entendre marcher une souris.

— Quoi c'que ça veut dire, c'te affaire-là ? que s'écrie Joachim Crête.

— Queuques joueurs de tours, c'est sûr ! que fit l'engagé.

245 — Allons voir c'que y a, vite !

On allume un fanal, et v'là nos deux joueurs de dames partis en chambranlant du côté de la grand'roue. Mais ils eurent beau chercher et fureter dans tous les coins et racoins, tout était correct ; y avait rien de dérangé.

250 — Y a du sorcier là-dedans ! qu'y dirent en se grattant l'oreille.

Enfin, la machine fut remise en marche, on graissit les mouvements, et nos deux fêtards s'en revinrent en ba-
raudant[22] reprendre leux partie de dames – en commen-
255 çant par reprendre un coup d'abord, ce qui va sans dire.

— Salut, Hubert !

---

19 Perdre la partie, au jeu de dames, sans avoir damé un pion (GPFC).
20 Apte à (GPFC).
21 Verre à bière (GPFC).
130 22 Tituber (GPFC).

— C'est tant seulement, monsieur Joachim...

Mais les verres étaient à peine vidés que les deux se mirent à se regarder tout ébarouis[23]. Y avait de quoi : ils
260 étaient soûls comme des barriques d'abord, et puis le
moulin était encore arrêté.

— Faut que des maudits aient jeté des cailloux dans les
moulanges[24], balbutia Joachim Crête.

— Je veux que le gripette[25] me torde le cou, baragouina
265 l'engagé, si on trouve pas c'qu'en est, c'te fois-citte !

Et v'là nos deux ivrognes, le fanal à la main, à rôder tout
partout dans le moulin, en butant pi en trébuchant sus
tout c'qu'y rencontraient.

Va te faire fiche ! y avait rien, ni dans les moulanges ni
270 ailleurs.

On fit repartir la machine ; mais ouiche, un demi-tour
de roue, et pi crac !... Pas d'affaires : ça voulait pas aller.

— Que le diable emporte la boutique ! vociféra Joachim
Crête. Allons-nous-en !

275 Un juron de païen lui coupa la parole. Hubert
Sauvageau, qui s'était accroché les jambes dans queuque
chose, manquable[26], venait de s'élonger sus le pavé
comme une bête morte.

Le fanal, qu'il avait dans la main, était éteindu mort,
280 comme de raison ; de sorte qu'y faisait noir comme chez
le loup ; et Joachim Crête, qu'avait pas trop à faire que
de se piloter tout seul, s'inventionna[27] pas d'aller porter
secours à son engagé.

---

23 Abasourdis (GPFC).

24 Meule à moudre (GPFC).

25 Diable (GPFC).

26 Probablement (GPFC).

27 S'ingénier (GPFC).

— Que le pendard se débrouille comme y pourra ! qu'y
285 dit, moi j'vas prendre un coup.

Et, à la lueur de la chandelle qui reluisait de loin par la
porte ouverte, il réussit, de Dieu et de grâce, et après
bien des zigzags, à se faufiler dans la cambuse, où c'qu'il
entra sans refermer la porte par derrière lui, à seule fin
290 de donner une chance au Sauvageau, d'en faire autant.

Quand il eut passé le seuil, y piqua tout dret sus la table
où c'qu'étaient les flacons, vous comprenez ben ; et il
était en frais de se verser une gobe en swignant sus ses
hanches, lorsqu'il entendit derrière lui comme manière
295 de gémissement.

— Bon, c'est toi ? qu'y dit sans se revirer ; arrive, c'est le
temps.

Pour toute réponse, il entendit une nouvelle plainte, un
peu plus forte que l'autre.

300 — Quoi c'que y a !... T'es-tu fait mal ?... Viens prendre
un coup, ça te remettra.

Mais bougez pas, personne venait ni répondait.

Joachim Crête, tout surpris, se revire en mettant son
tombleur sus la table, et reste figé, les yeux grands
305 comme des piastres françaises et les cheveux drets sus la
tête.

C'était pas Hubert Sauvageau qu'il avait devant la face ;
c'était un grand chien noir, de la taille d'un homme, avec
des crocs longs comme le doigt, assis sus son derrière, et
310 qui le regardait avec des yeux flamboyants comme des
tisons.

Le meunier était pas d'un caractère absolument peureux : la première souleur[28] passée, il prit son courage à deux mains et appela Hubert :

315 — Qui c'qu'a fait entrer ce chien-là icitte ?

Pas de réponse.

— Hubert ! insista-t-il la bouche empâtée comme un homme qu'a trop mangé de cisagrappes, dis-moi donc d'où c'que d'sort ce chien-là !

320 Motte !

C'était un grand chien noir, de la taille d'un homme.
(Illustration de Henri Julien.)

— Y a du morfil là-dedans ! qu'y dit ; marche te coucher, toi !

Le grand chien lâcha un petit grognement qui ressemblait à un éclat de rire, et grouilla pas.

325 Avec ça, pas plus d'Hubert que sus la main.

---

28 Peur (GPFC).

Joachim Crête était pas aux noces, vous vous imaginez. Y comprenait pas c'que ça voulait dire ; et comme la peur commençait à le reprendre, y fit mine de gagner du côté de la porte. Mais le chien n'eut qu'à tourner la tête
330 avec ses yeux flambants, pour y barrer le chemin.

Pour lorsse, y se mit à manœuvrer de façon à se réfugier tout doucement et de raculons entre la table et la couchette, tout en perdant le chien de vue.

Celui-ci avança deux pas en faisant entendre le même
335 grognement.

— Hubert ! cria le pauvre homme sur un ton désespéré.

Le chien continua à foncer sus lui en se redressant sus ses pattes de derrière, et en le fisquant toujours avec ses yeux de braise.

340 — À moi !... hurla Joachim Crête hors de lui, en s'acculant à la muraille.

Personne ne répondit ; mais au même instant, on entendit la choche de l'église qui sonnait l'Élévation.

Alors une pensée de repentir traversa la cervelle du mal-
345 heureux.

— C'est un loup-garou ! s'écria-t-il, mon Dieu, pardonnez-moi !

Et il tomba à genoux.

En même temps l'horrible chien se précipitait sus lui.

350 Par bonheur, le pauvre meunier, en s'agenouillant, avait senti quèque chose derrière son dos, qui l'avait accroché par ses hardes.

C'était une faucille.

L'homme eut l'instinct de s'en emparer, et en frappa la
355 brute à la tête.

Ce fut l'affaire d'un clin d'œil, comme vous pensez bien. La lutte d'un instant avait suffi pour renverser la table, et faire rouler les verres, les bouteilles et la chandelle sus le plancher. Tout disparut dans la noirceur.

360 Joachim Crête avait perdu connaissance.

Quand il revint à lui, quéqu'un y jetait de l'eau frette au visage, en même temps qu'une voix ben connue y disait :

— Quoi c'que vous avez donc eu, monsieur Joachim ?

— C'est toi, Hubert ?

365 — Comme vous voyez.

— Où c'qu'il est ?

— Qui ?

— Le chien.

— Queu chien ?

370 — Le loup-garou.

— Hein !...

— Le loup-garou que j'ai délivré avec ma faucille.

— Ah ! ça, venez-vous fou, monsieur Joachim ?

— J'ai pourtant pas rêvé ça... Pi toi, d'où c'que tu

375 deviens ?

— Du moulin.

— Mais y marche à c'te heure, le moulin ?

— Vous l'entendez.

— Va l'arrêter tout de suite : faut pas qu'y marche sus le

380 jour de Noël.

— Mais il est passé le jour de Noël, c'était hier.

— Comment ?

— Oui, vous avez été deux jours sans connaissance.

— C'est-y bon Dieu possible ! Mais quoi c'que t'as donc

385 à l'oreille, toi ? du sang !

— C'est rien.

— Où c'que t'as pris ça ? Parle !

— Vous savez ben que j'ai timbé dans le moulin, la veille de Noël au soir.

390 — Oui.

— Eh ben, j'msuis fendu l'oreille sus le bord d'un sieau.

Joachim Crête, mes enfants, se redressit sur son séant, hagard et secoué par un frémissement d'épouvante :

— Ah ! malheureux des malheureux ! s'écria-t-il ; c'était
395 toi !...

Et le pauvre homme retomba sus son oreiller avec un cri de fou.

Il est mort dix ans après, sans avoir retrouvé sa raison.

Quant au moulin, la débâcle du printemps l'avait em-
400 porté.

EXERCICES

P. 16 LA CEINTURE DE MON ONCLE

Compréhension

1. Expliquez le comique de situation à la base du conte.
2. Relevez les termes utilisés par le narrateur pour décrire son oncle. Servez-vous-en pour décrire la relation oncle – neveu.
3. La première remarque du père (l. 269-271), lors du retour du narrateur et de son oncle, est-elle en accord avec la suite de sa réaction ? Justifiez.

Conte

4. En règle générale, un conte se décompose en cinq séquences narratives (p. 174). Trouvez-les, sachant que les forces perturbatrice et équilibrante sont représentées par deux personnages du conte et que l'état final est identique à l'état initial.

Fantastique

5. Quel fait réel a ici donné naissance au premier phénomène fantastique ?
6. Relevez les termes utilisés pour décrire la peur qui étreint les personnages. Les mots choisis laissent-ils transparaître un changement dans l'intensité de la peur entre les deux phénomènes fantastiques ? Montrez-le à l'aide de leur définition.

7. Montrez que la croyance aux revenants et aux fantômes est ici fonction, d'une part, de la classe sociale et, d'autre part, de l'âge des protagonistes.
8. Quels sont les éléments de l'écriture fantastique (p. 192) que l'on retrouve dans ce conte ?
9. Relevez les passages où le narrateur parle du ceinturon, et chaque fois expliquez pourquoi il en parle dans les termes utilisés.
10. Comment s'expliquent les deux phénomènes fantastiques ?

P. 28 LE RÊVE DE BARTHE

Compréhension

1. Une phrase du conte permet de qualifier les relations entre l'imprimeur et ses employés. Quelle est cette phrase, et comment peut-on, à partir de là, définir les relations patron – ouvriers ?

Conte

2. À deux reprises, le narrateur passe la parole au conteur. Par quelle phrase le fait-il chaque fois ?
3. Parmi les cinq séquences narratives du récit, trouvez à quoi renvoie la force perturbatrice (p. 174).
4. Est-ce que l'écriture est caractéristique du conte (p. 180) ? Expliquez.

Fantastique

5. De quel phénomène fantastique s'agit-il ici ?
6. Quels éléments viennent renforcer la crédibilité du conteur ?
7. Le conteur explique que le docteur Meilleur lui a dit qu'il croyait « aux rapports des esprits entre eux » (l. 88-89). En d'autres termes, les deux naufragés, Moysan et Lafontaine, auraient pensé à leur patron imprimeur juste avant de mourir. Quel fait

de l'histoire pourrait justifier que leurs dernières pensées se soient portées vers leur patron ?

8. Est-ce que la théorie du *temps total* ou *temps sériel* du disciple d'Einstein, le savant anglais John W. Dunne (p. 189), permet d'expliquer le phénomène fantastique du conte ? Justifiez.

9. Selon vous, pourquoi le conteur, parmi plusieurs témoins très connus et toujours vivants, ne fournit-il qu'un seul nom, celui du docteur Meilleur, mort au moment de la narration du récit ?

P. 32 LE REVENANT DE GENTILLY

Compréhension

1. Relevez les termes qui renvoient à la religion catholique et donnez-en une définition.
2. Le personnage principal du conte est le curé. Quel portrait le conteur, le narrateur du récit encadré, en trace-t-il ?

Conte

3. Quelle phrase marque le passage au récit encadré (p. 175) ?
4. Dans le récit encadré, qui est le conteur et qui est l'auditoire ?
5. Quelles caractéristiques de l'écriture du conte (p. 180) sont privilégiées ? Illustrez-les.

Fantastique

6. La première fois où le curé va dans la chambre hantée, qui l'accompagne ? Comment cela s'explique-t-il ?
7. Pourquoi le curé s'y rend-il seul les deux autres fois ?
8. Relevez tous les extraits et tous les faits qui renforcent la crédibilité du conteur.

9. Que fait le curé pour mettre fin au phénomène fantastique ?

10. Comparez ce conte à *La maison hantée* (le phénomène fantastique, le personnage du curé, la solution au phénomène fantastique, etc.).

P. 39 LA MAISON HANTÉE

Compréhension

1. Dans la partie qui précède le récit de l'abbé Bouchard, le narrateur a deux objectifs. Quels sont-ils ? Les deux sont-ils reliés au phénomène fantastique ?

2. Expliquez le jeu de mots dans « d'autant plus boiteux qu'ils ont de plus vilains pieds et de plus belles chevilles » (l. 27-28).

3. Qu'est-ce qui expliquerait que le curé ait vérifié les barreaux du lit, mais n'ait pas regardé sous celui-ci ?

4. Selon vous, pourquoi l'abbé Bouchard refuse-t-il de raconter la suite des événements au narrateur ?

Conte

5. Le narrateur décrit un certain rituel de contage (p. 177). Quel est-il ?

6. Trouvez les cinq séquences narratives du conte (p. 174).

7. Dans ce conte, outre le narrateur du début, il y a deux conteurs. Qui sont-ils et quels sont leurs auditoires respectifs ?

8. Quel élément nous permet d'associer le narrateur du conte et l'auteur, Louis Fréchette ?

Fantastique

9. Comme il arrive souvent dans les contes fantastiques de Fréchette, une tonalité comique est présente. Donnez-en des exemples.

10. Montrez que tout est fait pour que la crédibilité du témoin, devenu le premier conteur, ne puisse être mise en doute.
11. Quelles sont les deux explications possibles au *poltergeist* (p. 188) ?
12. Montrez que, sur le plan de l'énonciation, chaque explication est fournie à un moment différent.
13. Montrez que dans "*Le revenant de Gentilly*" et "*La maison hantée*", le combat ne s'engage plus entre deux êtres surnaturels, le diable et un ange, envoyé de Dieu pour le combattre, mais bien entre lui et le curé, qui atteint, dans l'imaginaire populaire, au monde surnaturel, sur un pied d'égalité avec l'ange envoyé de Dieu» (Aurélien Boivin, *Le Conte fantastique québécois au XIXᵉ siècle*).

P. 49 LE RÊVE D'ALPHONSE

Compréhension

1. Qu'est-ce que la guerre de Sécession à laquelle Alphonse Le Duc participe lors de la bataille de Sabine Cross Road, en 1864 ?
2. Faire la guerre en 1864 et la faire de nos jours sont deux choses bien différentes. Comment faisait-on la guerre en 1864 ?
3. Par quelle transposition de consonnes le conteur tente-t-il d'imiter l'accent allemand ? Et à quelle tonalité cette transposition renvoie-t-elle ?
4. Montrez que, pour Alphonse Le Duc, son ordonnance est quantité négligeable.
5. Selon le narrateur, le conteur et le général Banks, qu'est-ce que le courage ?

Conte

6. À quoi sert la partie qui précède le récit encadré ?
7. Quelle relation unit le narrateur au conteur ?

8. Où, dans le texte, le narrateur passe-t-il la main au conteur, responsable du récit encadré (p. 175) ? Comment peut-on qualifier sa façon de le faire ?

Fantastique

9. Montrez que tout contribue à ce que la crédibilité du héros, devenu conteur, ne puisse être mise en doute.
10. Dans ce conte, il y a deux versions d'un même événement. Notez les différences, et expliquez-les.
11. Quel nom le narrateur donne-t-il au phénomène appelé rêve prémonitoire ?
12. Les qualifications que le conteur donne de son rêve sont-elles identiques à celles que fournit le conteur dans *Le rêve de Barthe* ?

P. 56 UN FANTÔME

Compréhension

1. À quoi sert le début du conte ?
2. Comment le héros se retrouve-t-il seul ?

Conte

3. Quelles sont les forces perturbatrice et équilibrante du récit (p. 174) ?
4. Le narrateur avoue avoir emprunté ce récit mot pour mot à l'auteur William McLennan (l. 23-24). Y a-t-il un élément du récit qui laisse transparaître ce dernier plus que l'auteur Louis Fréchette ?

Fantastique

5. Quel fait réel a donné naissance au fantastique ?
6. Montrez que les données spatiotemporelles du récit sont propices à l'apparition du fantastique (p. 192).
7. Quels sont les éléments qui expliquent l'état second du héros ?

8. Le héros de l'aventure croit-il au fantastique ?

9. Montrez que le comportement des personnages est influencé par leur origine ethnique.

10. Pourquoi leurs « courses à la recherche de combustible n'étaient[-elles] ni lointaines ni prolongées » (l. 101-102) ?

11. Relevez les termes qui décrivent la peur du héros à chaque apparition du revenant. Le choix des mots fait-il ressortir une augmentation de l'intensité de cette peur ? Montrez-le à l'aide des définitions.

12. Qu'est-ce qu'il y a de commun entre ce conte et *La ceinture de mon oncle* ?

13. Montrez que la tonalité ironique tire son origine du décalage entre le phénomène fantastique et son explication.

P. 65 UNE VISION

Compréhension

1. Que signifient les mots « positivisme », « spiritualisme », « occultisme », « Providence » (l. 2-6), « spiritisme » (l. 41) et « alchimie » (l. 45) ?

2. Le long préambule du départ permet au narrateur de se situer par rapport à deux options. Quelles sont ces options et quelle position choisit-il ?

Conte

3. Décrivez le rituel de contage (p. 177) et dites ce qu'il a de très particulier en regard des rituels précédents.

4. Qui est le conteur et quel est son auditoire ?

5. Quelles sont les cinq séquences narratives du récit (p. 174) ?

6. Montrez que tout est fait pour que la crédibilité du témoin, devenu conteur, soit incontestable.

143

Fantastique

7. Décrivez les phénomènes liés à la parapsychologie et appelés hypnotisme, suggestion, double vue, télépathie, lucidité, magnétisme (l. 73-75), matérialisation, corps astrals, dédoublement, seconde vue (l. 83-84).

8. Selon le conteur, quelle différence y a-t-il entre un phénomène surnaturel et un phénomène mystérieux ?

9. L'écriture fantastique se caractérise par un état physique et psychologique particulier du héros et par des éléments spécifiques de temps et d'espace (p. 192). En quoi est-ce le cas ici ?

10. Y a-t-il dans la narration un passage où la description que fait le conteur de ce qu'il ressent tend à confirmer la théorie de John W. Dunne sur le *temps total* ou *temps sériel* (p. 189) ?

11. Le rêve prémonitoire est-il qualifié ici de la même façon que dans *Le rêve de Barthe* et *Le rêve d'Alphonse* ?

P. 75 COQ POMERLEAU

Compréhension

1. Qui est Jos Violon (p. 165) ?

2. Que signifient les expressions « sa cléricature de voyageur et son apprentissage dans l'administration de la grand'hache et du bois carré » (l. 36-38), « qui tordit l'ambition » (l. 46), « la vitupération des sacrements » (l. 131-132), « répondait faraud » (l. 154) ?

3. Comment s'habillent les bûcherons ?

Conte

4. Décrivez le rituel de contage (p. 177).

5. Montrez que l'écrit laisse transparaître les caractéristiques de l'oral (p. 180).

6. Ici, la force perturbatrice est nettement marquée (p. 174). Quelle est-elle ?

7. Réécrivez en français québécois standard la partie du conte comprise entre « Enfin, je m'aperçus... » (l. 95) et « ... se firent pas grand mal » (l. 128).

Fantastique

8. Qu'est-ce qui rend Coq Pomerleau susceptible de croire au phénomène fantastique ?

9. Comment s'explique le supposé fantastique ? Pourquoi donc la rivière coule-t-elle en remontant ?

10. Montrez que dans le conte le comique tire son origine de la langue savoureuse de Jos Violon.

P. 91 LE DIABLE DES FORGES

Compréhension

1. Expliquez les expressions suivantes : « vous faire aller les argots » (l. 17-18), « était point du bois de calvaire » (l. 26), « les ouvertures condamnées » (l. 41-42), « reçus comme la m'lasse en carême » (l. 162-163), « canner devant la bouillie qui renverse » (l. 275-276), « y aura des confitures dans la soupe » (l. 338-339), « suivant les rubriques de not' sainte Mère » (l. 494).

2. D'après le contexte, quel synonyme permet de remplacer les mots suivants : « gigoteuse » (l. 50), « badigoinces » (l. 53), « frime » (l. 66), « lime » (l. 110), « se métine » (l. 115), « manquable » (l. 136), « persuade » (l. 147), « suçons » (l. 150), « virvâle » (l. 175), « tricoté » (l. 220), « gagnés » (l. 236), « gabareau » (l. 300), « flandrin » (l. 355) ?

3. Quelle est la morale de l'histoire ?

4. Décrivez la vie de chantier telle qu'elle apparaît dans ce conte.

5. Comment la femme est-elle perçue par Jos Violon et les bûcherons ?

Conte

6. Expliquez pourquoi il y a identité entre les situations initiale et finale.

7. Montrez à l'aide d'exemples que l'écriture du conte laisse transparaître l'oralité et les particularités de la langue populaire québécoise de l'époque (p. 180).

8. Réécrivez en français québécois standard de « Tous des gens ... » (l. 40) à « ... et bonne chasse ! » (l. 97).

9. Dans ce conte, la tonalité comique vient du langage, entre autres choses. Montrez que les images de Jos Violon et les paronymes (quasi-identités sonores) en sont la cause.

Fantastique

10. Comment s'explique la disparition et la réapparition d'un bûcheron ?

11. Comparez ce conte avec *Coq Pomerleau*.

P. 109 TITANGE

Compréhension

1. Expliquez « c'est un commencement de bonhomme pour faire peur aux oiseaux » (l. 51-52), « vous mettre dans les ouïes » (l. 61-62).

2. D'où vient le nom de Titange et en quoi un tel nom a-t-il une connotation comique dans le cadre de la vie de chantier, et par rapport à son portrait physique et moral ?

3. Que signifie mettre le bon Dieu en cache ?

4. Décrivez la ville de Trois-Rivières, telle qu'elle apparaît dans le conte.

Conte

5. Dans le cadre du rituel de contage (p. 177), que suppose le premier paragraphe du conte ?

6. Montrez à l'aide d'exemples que la fonction phatique revient fréquemment (p. 177).
7. Quelle est la structure narrative du conte (p. 174) ?
8. L'écriture du conte laisse transparaître les particularités de la langue populaire québécoise de l'époque (p. 180). Montrez-le à l'aide d'exemples.

Fantastique

9. À l'aide d'exemples, montrez que le langage de Jos Violon annule la tonalité fantastique.
10. Quel pacte avec le diable la chasse-galerie permet-elle ?
11. Quelle différence y a-t-il entre la chasse-galerie québécoise et la chasse-galerie française (p. 191) ? Expliquez comment les conditions de vie au XIXe siècle ont particularisé la version québécoise par rapport à son aînée française.

P. 122 LE LOUP-GAROU

Compréhension

1. La partie du conte qui précède le récit encadré a deux fonctions. Quelles sont-elles ?

Conte

2. Qui est responsable du récit encadré (p. 175) ? Quelle en est la particularité par rapport à tous les conteurs précédents ?
3. La structure narrative du conte (p. 174) commence par un état initial et se clôt sur un état final. Quels sont-ils ? Sont-ils identiques ?
4. Quels vices servent de force perturbatrice ?
5. Relevez tous les éléments qui se rapportent au rituel de contage (p. 177).

Fantastique

6. Par quelle phrase relevant de l'énonciation (p. 177) le narrateur fait-il savoir qu'il ne croit pas à ces histoires ?

7. Dans le conte, quand et pourquoi devient-on loup-garou, et comment redevient-on humain ? Comparez ces données avec celles fournies dans les thèmes (p. 191).

8. Montrez que le fait de croire dépend de l'âge.

9. Qu'est-ce qui explique que Joachim Crête soit dans un état physique et psychologique qui l'amène à croire au fantastique ?

10. Reconstituez l'histoire comme elle s'est probablement déroulée.

Analyses, dissertations, essais

1. Êtes-vous d'accord avec François Ricard quand il affirme que « [l']intérêt de ce livre est assez particulier, puisque s'y reflète, implicitement, le combat que se livrait alors, au sein d'une société en pleine mutation, entre deux idéologies, entre deux visions du monde : la vision populaire, traditionnelle, et la vision bourgeoise, moderne. Combat inégal cependant, dans la mesure où Fréchette, très nettement, a choisi son camp, de sorte que nous assistons, dans ce livre, non pas à un effort pour sauver par la littérature l'héritage traditionnel, mais plutôt à la liquidation, à la disqualification radicale de cet héritage » (« La liquidation de l'héritage populaire », *Le Devoir*, 9 avril 1977).

2. Montrez que dans les contes de Louis Fréchette la croyance aux phénomènes fantastiques est fonction, d'une part, de la classe sociale et, d'autre part, de l'âge du narrateur, du conteur et des personnages.

3. Les contes fantastiques de Fréchette sont-ils « une modulation tout à tour ironique et grave du titre », *Masques et Fantômes* (« La mise en scène de la parole », *Le Jour*, 29 avril 1977) ?

4. Montrez qu'à « travers chacun des récits présentés, fantômes et manifestations surnaturelles sont alternativement masqués et démasqués, comme si Fréchette hésitait entre le scientisme et l'occultisme, l'explication rationnelle et la croyance en l'inexplicable » (« La mise en scène de la parole », *Le Jour*, 29 avril 1977).

5. Décrivez la vie de chantier au milieu du XIXe siècle, telle que Fréchette la peint par l'entremise de son conteur, Jos Violon, dans les contes *Coq Pomerleau*, *Le diable des Forges* et *Titange*.

6. Dans ses contes, où le conteur fait partie de la classe populaire, Fréchette transcrit le langage populaire québécois de la seconde moitié du XIXe siècle. En le comparant à la langue française québécoise actuelle, décrivez-en certaines particularités phonétiques, morphologiques et lexicales.

7. Montrez que, chez le héros fantastique fréchettien, le temps de l'incertitude entre la réalité ou l'illusion du phénomène surnaturel, caractéristique du fantastique selon Todorov, ne dure pas. L'état de déséquilibre, où le fantastique prend sa source, est de courte durée et ne marque presque jamais de façon significative l'état psychique de celui qui perçoit le phénomène fantastique.

8. Dans les contes de Fréchette, la société québécoise du XIXe siècle se divise en deux classes, populaire et bourgeoise. Comparez-les.

9. Montrez que les contes fantastiques de Fréchette sont tantôt liés à la religion catholique : la présence du malin s'explique alors par la transgression d'un quelconque précepte du catholicisme; tantôt liés au paranormal : la lutte contre le malin se laïcise alors et devient la lutte contre l'inexplicable.

10. Montrez que, dans la plupart des contes fantastiques de Louis Fréchette, l'état physique et psychologique du héros et les données de temps et d'espace favorisent l'intrusion du surnaturel dans le réel.

11. Les caractéristiques de l'écriture fantastique se retrouvent-elles dans les contes de Fréchette ?

12. À partir des définitions de Caillois, de Castex et de Todorov (p. 183-184), discutez de la pertinence de qualifier de fantastiques les contes de Fréchette.

13. Dans le conte *Une vision*, le conteur fait une différence entre le surnaturel et le mystérieux. En fonction de celle-ci, les contes de Fréchette sont-ils « surnaturels » ou « mystérieux » ?

14. Est-ce que la tonalité comique vient tuer le fantastique dans les contes de Fréchette ?

15. Dans ce recueil, Fréchette s'est-il conformé aux caractéristiques de l'écriture du conte ?

Louis Honoré Fréchette (ANC. PA33744.
Photographe : William James Topley.)

Tableau synoptique
1837-1908

Année	Histoire	Vie culturelle et littéraire	Vie et œuvre de Fréchette
1837	Début des Troubles de 1837-1838 (automne). Début du règne de la reine Victoria d'Angleterre (1837-1901).	*L'influence d'un livre* de Philippe Aubert de Gaspé fils, premier roman québécois.	
1839	*Rapport Durham* sur les Troubles de 1837-1838.	*La Chute de la maison Usher* d'Edgar Allan Poe.	Naissance de Louis Fréchette à Saint-Joseph-de-la-Pointe-Lévy (16 novembre).
1840	Inauguration du premier service transatlantique régulier.		
1841	Acte d'Union Nomination d'un surintendant de l'Instruction publique.		
1844	Montréal, capitale du Canada-Uni. Fondation de l'Institut canadien de Montréal. Fondation de l'École de médecine de Québec.	Ouverture à Québec de la librairie *À l'enseigne d'or*, par Octave Crémazie et son frère. *Les Fiancés de 1812* de Joseph Doutre. *Le Jeune Latour* d'Antoine Gérin-Lajoie.	

ANNÉE	HISTOIRE	VIE CULTURELLE ET LITTÉRAIRE	VIE ET ŒUVRE DE FRÉCHETTE
1845	Retour des exilés politiques à la suite des Troubles de 1837-1838.	*Histoire du Canada* de François-Xavier Garneau : les trois autres tomes paraîtront en 1846, 1848 et 1852.	
1846	Début de la «guerre des éteignoirs» contre les écoles.	*La Terre paternelle* de Patrice Lacombe.	
1848	Retour de Louis-Joseph Papineau à la Chambre. Révolutions dans plusieurs pays européens.	*Répertoire national ou Recueil de littérature canadienne* de James Huston.	
1849	Émeute à cause de la loi d'indemnisation des victimes des Troubles de 1837-1838.		
1851	Québec, capitale du Canada-Uni. Population du Bas-Canada : 890 261 personnes. Adoption du dollar et du cent comme monnaie.		
1852	Fondation de l'Université Laval. Lévis est reliée à Montréal par une voie ferrée, le Grand Tronc. Napoléon III, proclamé empereur des Français.		

Année	Histoire	Vie culturelle et littéraire	Vie et œuvre de Fréchette
1853		*Charles Guérin, Roman de mœurs canadiennes* de Pierre-Joseph-Olivier Chauveau.	Mort de sa mère, Marguerite Martineau (7 juillet).
1854			Remariage de son père avec Eulalie Richard (23 janvier). Entrée au Petit Séminaire de Québec (31 août), d'où il est expulsé en avril 1857.
1855	Arrivée de la *Capricieuse*, premier bateau français à accoster à Québec depuis 1760.		
1856		*Madame Bovary* de Gustave Flaubert.	
1857	Début de la guerre civile au Mexique.	*Les Fleurs du mal* de Charles Baudelaire.	Entrée au collège de Sainte-Anne-de-la-Pocatière (9 septembre), qu'il quitte le 3 février 1859.
1859		Début de *La Légende des siècles* de Victor Hugo.	Entrée au collège de Nicolet (2 mars).
1860		Début des *Soirées canadiennes*, où se trouve un poème liminaire de Fréchette, *La poésie*, dédié à Octave Crémazie. Début de l'École de Québec.	

Année	Histoire	Vie culturelle et littéraire	Vie et œuvre de Fréchette
1861	Début de la guerre de Sécession aux États-Unis.	Mouvement de récupération des légendes canadiennes.	Inscription en droit à l'Université Laval. Fréquentation d'un groupe d'intellectuels à la librairie de Crémazie.
1862		*Jean Rivard, le défricheur* d'Antoine Gérin-Lajoie.	Première de *Félix Poutré* (22 novembre).
1863		Exil d'Octave Crémazie en France. *Forestiers et Voyageurs* de Joseph-Charles Taché. *Les Anciens Canadiens* de Philippe Aubert de Gaspé.	*Mes loisirs*, son premier recueil de poèmes.
1864	Condamnation du libéralisme par Pie IX (*Le Syllabus*).	Début de *Guerre et paix* de Tolstoï.	Admission au barreau de Québec. Installation de son bureau à Lévis (6 septembre).
1865		*Alice aux pays des merveilles* de Lewis Carroll.	
1866			Exil volontaire à Chicago (octobre).
1867	Confédération canadienne (1er juillet).		

ANNÉE	HISTOIRE	VIE CULTURELLE ET LITTÉRAIRE	VIE ET ŒUVRE DE FRÉCHETTE
1868	Départ pour l'Europe du premier détachement de zouaves pontificaux dont fait partie son frère Edmond. Soulèvement des Métis avec Louis Riel à la Rivière-Rouge.	*L'Idiot* de Dostoïevski.	
1869	Début de l'affaire Guibord et excommunication des membres de l'Institut canadien.		
1870	Guerre franco-prussienne.	*Vingt mille lieues sous les mers* de Jules Verne.	Publication sous forme de brochures des trois parties de *La Voix d'un exilé*, pamphlet en vers contre la Confédération canadienne.
1871	Parution du *Programme catholique* (20 avril). Élections québécoises (20 juin) : les conservateurs remportent 45 des 65 sièges ; un programmiste est élu. Fondation de la loge franc-maçonnique les Cœurs-Unis (25 octobre). Population du Québec : 1 191 516 personnes.	*Causeries du dimanche* d'Adolphe-Basile Routhier.	Fin de l'exil, installation à Lévis. Défaite électorale dans Lévis au provincial.

Année	Histoire	Vie culturelle et littéraire	Vie et œuvre de Fréchette
1872	Élections fédérales (5 août) : réélection des conservateurs.		Défaite électorale dans Lévis au fédéral. *Lettres à Basile*, critique caustique des *Causeries du dimanche* d'Adolphe-Basile Routhier. Pratique du droit à Québec (avril).
1873		*Une saison en enfer* d'Arthur Rimbaud.	
1874	Élections fédérales (29 janvier) : les libéraux remportent 134 sièges sur 206 ; 34 sur 65 au Québec.		Élection comme député libéral de la circonscription fédérale de Lévis.
1876	Invention du téléphone par Alexander Graham Bell.		Mariage avec Emma Beaudry (10 juillet).
1877	Conférence de Wilfrid Laurier sur le libéralisme (26 juin).		Naissance de son fils Louis-Joseph (14 avril). *Pêle-mêle* (poésie).
1878	Élections fédérales (17 septembre) : les conservateurs reprennent le pouvoir avec 137 sur 206 députés, dont 45 sur 65 au Québec.		Défaite dans Lévis.
1879	Premier numéro de *La Patrie* (24 février), fondé par Honoré Beaugrand.	Arrivée triomphale de Sarah Bernhardt à Montréal. L'hymne *Ô Canada* d'Adolphe-Basile Routhier.	*Poésies choisies Les Oiseaux de neige* (poésie). Naissance de sa fille Jeanne (7 août).

ANNÉE	HISTOIRE	VIE CULTURELLE ET LITTÉRAIRE	VIE ET ŒUVRE DE FRÉCHETTE
1880		*Angéline de Montbrun* de Laure Conan. Les *Contes* de Guy de Maupassant.	Première de *Papineau* et du *Retour de l'exilé* (31 mai). Voyage en France (10 juillet au 2 octobre) pour y recevoir l'un des prix Montyon de l'Académie française (5 août).
1881			Publication à Paris de *Les Fleurs boréales* et *Les Oiseaux de neige*. Naissance de sa fille Louise (14 juin).
1882		Fondation de la Société royale du Canada. Début des *Nouvelles soirées canadiennes*. *Œuvres complètes* d'Octave Crémazie, édition à laquelle collabore Fréchette.	Nouvelle défaite électorale (20 juin).
1883			Naissance de son fils Charles-Auguste (22 septembre), qui meurt le 31 décembre de la même année. *Petite Histoire des rois de France*.
1884		Fondation du *Monde illustré*.	Rédacteur en chef de *La Patrie* (12 mai), qu'il quitte le 9 juillet 1885.

Année	Histoire	Vie culturelle et littéraire	Vie et œuvre de Fréchette
1885	Pendaison de Louis Riel (16 novembre). Fondation du Parti national par Honoré Mercier.		Installation à Nicolet (10 octobre).
1886		*Le Docteur Jekyll et M. Hyde* de R. L. Stevenson.	Première de *Change pour change* (vaudeville) (8 avril).
1887	À Québec, Honoré Mercier est porté au pouvoir (29 janvier). Élections fédérales (22 février) : les conservateurs fédéraux sont reportés au pouvoir. Wilfrid Laurier, chef du Parti libéral.		Voyage en France (9 mai au 10 décembre). *La Légende d'un peuple* (poésie).
1888		Fondation du *Canada artistique* qui devient *Canada-revue* auquel Fréchette collabore.	Installation des Fréchette à Montréal (16 octobre). Collaboration à *La Patrie*.
1889	Construction de la tour Eiffel pour l'Exposition universelle de Paris.		Nomination au poste de greffier du Conseil législatif à Québec (5 avril). Naissance de sa fille Pauline (16 octobre).
1890	Début de la question des écoles du Manitoba.		Édition québécoise de *La Légende d'un peuple* (poésie). *Les Feuilles volantes* (poésie).

Année	Histoire	Vie culturelle et littéraire	Vie et œuvre de Fréchette
1891	Démission d'Honoré Mercier. Population du Québec : 1 488 535 personnes.		Croix de chevalier de la Légion d'honneur du gouvernement français (12 mai). Membre de la Société royale du Canada (29 mai).
1892			Élection au poste de premier vice-président de l'Association of Folklore.
1893	*Ruines cléricales*, attribuées à Aristide Filiatreault, pamphlet anticlérical.		*Originaux et Détraqués*. *À propos d'éducation*.
1894	Mort d'Honoré Mercier (30 octobre). Invention du cinématographe par Louis Lumière.		Voyage en France et en Belgique (14 août au 15 octobre).
1895		Fondation de l'École littéraire de Montréal.	Voyage en Irlande, en Angleterre et en France (11 juillet au 22 octobre).
1896	Élections fédérales (23 juin) : Wilfrid Laurier, libéral, devient premier ministre. Fondation de la loge l'Émancipation par Honoré Beaugrand.	*L'Avenir du peuple canadien-français* d'Edmond de Nevers.	Départ de *La Patrie* (24 février).
1897	Encyclique *Affari Vos* de Léon XIII.		Compagnon de l'Ordre de Saint-Michel et de Saint-Georges (21 juillet).

161

Année	Histoire	Vie culturelle et littéraire	Vie et œuvre de Fréchette
1897	Élections québécoises (24 mai) : Félix-Gabriel Marchand, libéral, l'emporte.		
1898	Découverte du radium par Marie et Pierre Curie.	*La Guerre des mondes* de H. G. Wells.	Parution de 27 contes dans *Le Monde illustré* (26 février au 3 septembre). Président d'honneur de l'École littéraire de Montréal.
1899	Départ du premier contingent canadien pour la guerre des Boers, en Afrique du Sud.	Internement du poète Émile Nelligan (9 août), à l'âge de 19 ans.	*Christmas in French Canada* (contes).
1900	Fondation de la première caisse populaire par Alphonse Desjardins à Lévis.	*L'interprétation des rêves* de Sigmund Freud.	*La Noël au Canada* (contes).
1901	Population du Québec : 1 648 898 personnes. Mort de la reine Victoria ; Édouard VII lui succède.		Mort de son fils Louis-Joseph, à Montréal (10 décembre).
1902		Fondation de la Société du parler français au Canada.	
1903	Fondation de la Ligue nationaliste canadienne.	*Émile Nelligan et son œuvre* de Louis Dantin.	Première de *Véronica* (2 février).

Année	Histoire	Vie culturelle et littéraire	Vie et œuvre de Fréchette
	Fondation de l'Action catholique de la jeunesse canadienne-française.		
1904		Condamnation par Mgr Bruchési du roman *Marie Calumet* de Rodolphe Girard.	
1905	Théorie de la relativité restreinte d'Albert Einstein.		
1906		Dévoilement du buste d'Octave Crémazie au carré Saint-Louis, à Montréal (24 juin).	Pour l'occasion, lecture de l'*Ode à Octave Crémazie*.
1908	Célébration des fêtes du tricentenaire de la fondation de la ville de Québec.		Mort à la suite d'une crise d'apoplexie, à Montréal (31 mai).

Québec, fin du XIXᵉ début du XXᵉ siècle
(ANQ. P560 N79-2-45)

LES MOMENTS IMPORTANTS DE SA VIE

L'enfance

Louis Fréchette naît le 16 novembre 1839 à Saint-Joseph-de-la-Pointe-Lévy. Sa famille habite une maison à la Pointe-Lévy, entre la falaise et le fleuve, entre la gare du Grand Tronc et l'anse Dawson. En face de chez lui s'étend la grève où viennent s'amarrer les cages, ces trains de bois venus du Saint-Maurice et de l'Outaouais.

Un train de bois.

Il y voit Jos Montferrand, dont les exploits sont restés légendaires, y rencontre Baptiste Lachapelle, le « protecteur des faibles » et, surtout, il assiste à des veillées de contes de Jos Violon qui, une quarantaine d'années plus tard, deviendra son conteur préféré. Voici le portrait qu'il en trace dans ses *Mémoires intimes*.

> *C'était un type très remarquable [...]. Il était populaire d'un bout à l'autre du pays. Dans son état civil, il s'appelait Joseph Lemieux ; dans la paroisse il se nommait José Caron ; et dans les chantiers, il était universellement connu sous le nom de Jos Violon. D'où lui venait ce curieux sobriquet ? c'est ainsi que je ne saurais dire. Il se faisait déjà vieux quand je l'ai connu [...]. C'était un grand individu dégingandé, qui se balançait sur les hanches en marchant, hâbleur, ricaneur, goguenard, mais assez bonne nature au fond pour se faire pardonner ses faiblesses. Et, au nombre de celles-ci – bien que le mot* faiblesse *ne soit peut-être pas parfaitement en situation – il fallait compter au premier rang une disposition, assez forte au contraire, à lever le coude un peu plus souvent qu'à son tour. Il avait passé sa jeunesse dans les chantiers de l'Ottawa, de la Gatineau et du Saint-Maurice ; et si vous vouliez avoir une belle chanson de cage ou une bonne histoire de cambuse, vous pouviez lui servir deux doigts de Jamaïque, sans crainte d'avoir à discuter sur la qualité de la marchandise qu'il vous donnait en échange.*

On ferait un gros volume avec toutes les histoires que j'ai entendu raconter à Jos Violon. Souvent, les soirs d'automne et d'hiver – car Jos Violon n'allait plus en « hivernement » – il y avait veillée de contes chez quelque vieux de notre voisinage, et nous allions écouter les récits du vétéran des chantiers, dont le style pittoresque nous enthousiasmait.

La formation

En 1845, alors que le jeune Louis est en âge de fréquenter l'école, le système d'écoles primaires tel qu'il existe aujourd'hui vient à peine d'être établi (1841). De ses professeurs de l'époque, Fréchette, dans ses *Mémoires intimes*, fait revivre l'Anglais Buchanan, qui lui apprend l'alphabet... en anglais ; le Marseillais Chabrant, qui le lui réapprend... avec l'accent marseillais ; Hamel, qui lui inculque l'orthographe à coups de martinet ; l'Indien Gamache, véritable sadique, dont l'école est une prison ; et Gagné, qui a fait de l'école une église et qui s'enrage à l'audition de son surnom : Papineau. Finalement, en septembre 1853, il entre à l'école de la Pointe-Lévy que viennent de fonder les frères des Écoles chrétiennes. En 1854, il est interne au Petit Séminaire de Québec, un collège classique, qui offre l'équivalent du secondaire et du collégial actuels. Ses professeurs lui reprochent d'être « très » ou « souvent » inattentif. Expulsé du Petit Séminaire en avril 1857, il entre en versification (secondaire 4) au collège de Sainte-Anne-de-la-Pocatière. Malgré de bons résultats, les points « Conduite en classe », « Conduite hors des classes » et « Doctrine chrétienne » sont à surveiller, au dire de ses professeurs. En février 1859, il quitte l'institution et termine son cours classique au collège de Nicolet. À l'automne 1861, il s'inscrit à la faculté de droit de l'Université Laval. Il est admis au barreau le 6 septembre 1864.

Le poète

Très jeune, Fréchette s'intéresse à la poésie. Reconnaissant la qualité de ses poèmes, mais doutant qu'ils soient de lui, ses professeurs du Petit Séminaire de Québec le testent et lui en font écrire sur commande. Durant ses études, il défie le règlement et versifie en français. À l'époque, seuls les vers latins étaient permis. La tradition veut que cet amour de la poésie française soit la cause de son départ du Petit Séminaire de Québec, puis du collège de Sainte-Anne-de-la-Pocatière. Même au collège de Nicolet où le directeur, l'abbé Caron, lui permet d'écrire des vers, malgré le règlement qui l'interdit, ses maîtres lui reprochent d'être « trop appliqué à la poésie et pas assez aux matières de classe ». Il publie un premier poème le 27 février 1859 dans L'Abeille, le journal des étudiants du Petit Séminaire de Québec. Il a vingt ans. Son premier recueil, Mes loisirs, paraît en 1863. Même si le classicisme reste le courant littéraire privilégié dans les collèges de l'époque, il prend fait et cause pour le romantisme. Victor Hugo, l'auteur romantique français par excellence, est à ses yeux le modèle à imiter. En 1877, à la parution de son troisième recueil, Pêle-mêle, il en fait parvenir des exemplaires à plusieurs auteurs français, dont Victor Hugo, dans l'espoir d'être reconnu en France. Le 5 août 1880, lors de la séance publique annuelle de l'Institut de France, il reçoit l'un des prix Montyon de l'Académie française pour *Les Fleurs boréales* et *Les Oiseaux de neige*. De retour au pays, le lauréat est accueilli triomphalement, et pour ses contemporains, il devient le poète national.

Les polémiques

La lutte politique et idéologique va laisser un sceau indélébile sur la vie et l'œuvre de Fréchette. Sur le plan idéologique, il défend le libéralisme alors que l'idéologie ultramontaine jouit d'un grand prestige, grâce à l'appui du clergé. Sur le plan politique, il opte pour le Parti libéral, à l'époque où le Parti conservateur gagne élection après élection.

En octobre 1866, Fréchette aurait fait visiter les installations militaires de Québec à un espion fénien. Partisans de l'indépendance irlandaise, les féniens américains menaient des incursions terroristes au Canada, alors sous la domination anglaise. Par peur de représailles, Fréchette émigre aux États-Unis. C'est de là qu'il entreprend sa campagne anti-Confédération canadienne, par de virulents pamphlets qui paraissent dans les journaux canadiens de l'époque. Quand, en 1871, il revient au pays, son nom est déjà célèbre.

Partisan libéral, il participe à de nombreuses campagnes électorales, soit comme orateur, soit comme candidat. Malgré les défaites qui s'expliquent par l'opposition du clergé à tout ce qui est libéral et, dans son cas, par celle du curé de Lévis, l'abbé Déziel, il réussit à se faire élire député fédéral libéral de la circonscription de Lévis (1874-1878). Ses nombreux états de service sont récompensés puisque, après des pressions auprès de Wilfrid Laurier, il devient secrétaire du Conseil législatif, le 5 avril 1889. Il est nommé par Honoré Mercier, le futur beau-père de sa fille Jeanne.

Louis Fréchette est un polémiste hors pair. Son talent, il l'utilise non seulement sur les *hustings*[1], mais aussi et surtout dans les journaux. À l'époque, le journal doit montrer ses couleurs : il est libéral ou conservateur, favorable au Progrès ou partisan de la Réaction. Fréchette s'en prend à tous ceux qui s'attaquent aux idées progressistes, entre autres à Adolphe-Basile Routhier, à Frédéric-Alexandre Baillargé, à Jules-Paul Tardivel, à Léo Taxil, au R. P. Lacasse, partisans de la tradition, de la monarchie, du cléricalisme et de l'ultramontanisme.

Mais cette lutte incessante lui coûte cher. Certains ultramontains, qu'il appelle « ultramontés », ne lui pardonnent pas ses attaques musclées. Au lendemain de ses lettres à l'abbé Baillargé contre le système d'éducation québécois et tout spécialement contre les collèges classiques, institutions intouchables à l'époque, William Chapman, un ancien admirateur, s'attaque à sa poésie. Dans une série d'articles qui paraissent dans les journaux puis en recueil, *Le Lauréat* et *Deux copains* (1894), il décortique la poésie de Fréchette et la compare systématiquement

---

[1] *Husting* : Tribune en plein air d'où les candidats haranguaient la foule.

à des extraits tirés de celle de Hugo, de Musset, de Lamartine, entre autres, et même de son frère, Achille Fréchette. Il en conclut que Fréchette a systématiquement plagié ces auteurs. Même s'il sort marqué de cette campagne de dénigrement, Fréchette n'en continue pas moins à défendre avec ardeur, dans les journaux libéraux de l'époque, tout spécialement *La Patrie*, les idées progressistes qui sont siennes.

Sa mort

Les dernières années de sa vie, Fréchette les consacre à la publication de ses œuvres complètes. Le 22 août 1904, il écrit à Paul Blanchemain que « seize volumes de [ses] œuvres complètes, dont trois en vers » sont prêts pour l'impression. Mais la mort l'empêche de mener son projet à terme. Le 30 mai 1908, de retour d'une soirée chez Laurent-Olivier David, un vieil ami, Fréchette s'écroule, victime d'une attaque d'apoplexie, sur le seuil de l'Institut des sourdes-muettes où il loge avec sa femme depuis mai 1907. Il meurt vingt-quatre heures plus tard sans avoir repris connaissance. Ainsi prennent fin les douloureuses crises de rhumatisme (depuis 1893) et la neurasthénie (depuis 1906) qui l'affligent.

La définition

Le conte est un genre littéraire difficile à définir ou à circonscrire, à cause de la multiplicité des types de récits qui y sont associés. C'est la « forme à problèmes » par excellence. Selon le *Dictionnaire universel des littératures* (PUF, 1994), il désigne « diverses formes de récits brefs, qui se distinguent par leurs origines, leurs destinataires, et du même coup leur degré de légitimité littéraire, ainsi que par leur contenu »... En effet, pendant longtemps l'origine populaire du conte et le fait que ses destinataires soient avant tout les enfants, si l'on pense par exemple au conte merveilleux, ont amené l'institution littéraire à lui refuser le statut d'œuvre littéraire à part entière. Fréchette lui-même ne plaçait pas ses contes sur le même pied que ses poèmes ou ses pièces de théâtre. Si les seconds devaient lui assurer gloire et immortalité – du moins l'espérait-il –, les premiers lui garantissaient avant tout des rentrées d'argent. À l'opposé, l'institution littéraire a accepté les contes de Voltaire comme œuvre littéraire, et cela dès leur parution. D'une part, ils ne sont pas d'origine populaire et, d'autre part, ils s'adressent aux lecteurs habituels de textes littéraires.

Les catégories

Dans la seconde moitié du XIXe siècle, au Québec, la popularité du conte littéraire est indéniable : en plus des trente-deux recueils de contes publiés, au-delà de mille contes paraissent dans les journaux et les revues de l'époque. Aurélien Boivin les classe en trois catégories. Dans le **conte surnaturel,** l'équivalent québécois du conte fantastique, « se manifeste un être ou un phénomène surnaturel quelconque, vrai ou faux, accepté ou expliqué[1] ». Le **conte anecdotique** décrit un événement réel, la plupart du temps à saveur de tradition comme une épluchette de maïs, des noces campagnardes, un événement de la vie de chantier, un réveillon de Noël, une veillée du jour de l'An, le Mardi gras ; il valorise le respect de l'idéologie officielle : défense de la langue française et de la foi catholique, respect de l'autorité, préséance de la tradition, exhortation au travail de la terre nourricière, condamnation de la ville malsaine, des mauvaises lectures, du modernisme, de l'émigration vers les États-Unis, etc. Quant au **conte historique,** il fait revivre les moments forts de l'histoire québécoise : l'épopée de la Nouvelle-France, 1755, 1760, 1775, 1812, 1837-1838, et met en scène des personnages historiques aux faits remarquables comme Madeleine de Verchères, Montcalm, Salaberry, Chénier, entre autres.

La structure narrative

La brièveté du conte explique que plusieurs théoriciens, tels Vladimir Propp, Algirdas Jules Greimas et Claude Bremond, aient cherché à en formaliser la structure

---

[1] Aurélien Boivin, *Le Conte fantastique québécois au XIXe siècle,* Montréal, Fides, 1987, p. 8.

narrative. Cette dernière, caractéristique, s'articule autour de cinq séquences : l'**état initial** est la situation stable du départ ; une **force perturbatrice** en rompt l'équilibre ; s'ensuit un **état de déséquilibre** qui constitue la dynamique proprement dite de tout le récit ; une **force équilibrante** dirigée en sens inverse vient résoudre le déséquilibre ; et l'**état final** est un certain équilibre, identique à celui du début ou qui en diffère. En voici une illustration.

Dans *Le revenant de Gentilly*, l'état initial est la tranquillité qui a cours au presbytère de Gentilly ; la force perturbatrice, ce sont les bruits qui accompagnent l'arrivée du revenant ; l'état de déséquilibre est la période où le revenant hante le presbytère ; la force équilibrante est l'exorcisme auquel se livre le curé ; et l'état final est le retour au calme.

L'énonciation

Le conte se caractérise aussi par l'importance de l'énonciation. Il s'agit fort probablement de l'élément qui lui est le plus commun. Ce genre littéraire est en effet « un récit bref où l'énonciation est mise en relief, au lieu d'être soigneusement dissimulée[2] ». La situation d'énonciation renvoie aux conditions particulières qui entourent la production d'un énoncé, c'est-à-dire n'importe quel texte écrit ou oral. En plus de souligner qui parle et à qui, elle précise le contexte (lieux, moments, circonstances). Par exemple, dans le conte *Le revenant de Gentilly*, dès le départ un « je » (l. 6) et un « vous » (l. 1)

---

[2] *Dictionnaire universel des littératures*, Paris, PUF, 1994.

renvoient respectivement au narrateur, celui qui raconte, et au narrataire, celui qui écoute. Il y a quelques indications contextuelles. Le moment de l'énonciation : l'histoire a été racontée au narrateur, antérieurement (« le récit qu'il nous fit », l. 12). La particularité de l'énonciation dans le conte vient de la présence fréquente d'un récit encadré, en d'autres termes d'un récit inséré dans un autre. Le narrateur passe la parole au conteur, c'est-à-dire à un autre narrateur, qui raconte une expérience qu'il a lui-même vécue, dont il a été témoin ou encore qu'il tient de première main. Toujours dans *Le revenant de Gentilly*, la phrase « Je lui laisse la parole » (l. 16) marque le passage à cet autre récit, appelé encadré. Le narrateur du début laisse la parole à un conteur. Ce récit aussi a une situation d'énonciation. Le « je » du récit encadré est le père de l'un des confrères (l. 6-7) du narrateur du début. Le « vous » du récit encadré, ce sont quelques amis, le narrateur, la femme et les trois fils du conteur (l. 12-13) ; l'action est passée (« je veux seulement vous relater ce que j'ai vu et entendu », l. 18-19) par rapport au moment où il « fit le récit » (l. 12). Il y a donc trois moments dans ce conte :

TEMPS D'ÉNONCIATION		TEMPS DE LA FICTION
DU NARRATEUR	DU CONTEUR	
« je »	« je » est marié et a trois fils	le conteur a une vingtaine d'années, car il termine ses études
« vous »	« vous » (narrateur, amis, femme et fils du conteur)	
un certain nombre d'années plus tard	de 20 à 30 ans plus tard	1823
pas précisé	pas précisé	à Gentilly

Parce que l'auteur d'un récit n'en est pas nécessairement le narrateur, il n'y a pas lieu de les associer systématiquement. C'est pourquoi auteur et narrateur sont deux entités distinctes qui, en règle générale, ne sont pas amalgamées. Pourtant, parce que le conte ressemble parfois à des mémoires, il arrive que des indications permettent d'associer auteur et narrateur. Par exemple dans *Le rêve d'Alphonse*, le narrateur parle de son ami Alphonse Le Duc. Il s'agit bien d'un ami de Fréchette et il a bien participé à la guerre de Sécession. Cet indice permet donc, pour ce conte, de fondre en une entité narrateur et auteur.

Les rituels du contage[3]

Les rituels du contage expliquent l'importance de l'énonciation. Il y a les formules qui servent, entre autres choses, à capter l'attention de l'auditoire, à établir la communication entre le locuteur et l'interlocuteur, c'est-à-dire entre le conteur et son auditoire. D'où l'importance de la fonction phatique, la fonction du langage qui met en évidence le contact entre l'émetteur et le récepteur, ici entre le conteur et son auditoire. Jos Violon, le conteur-vedette de Fréchette, marque le début du conte par la formule quasi sacramentelle « Cric, crac, les enfants ! parli, parlo, parlons ! pour en savoir le court et le long, passez le crachoir à Jos Violon ! sacatabi, sac-à-tabac, à la porte les ceuses qu'écouteront pas », et il en souligne la fin par ces mots : « Et cric, crac, cra ! ... Sacatabi, sac-à-tabac ! Mon histoire finit d'en par là. Serrez les ris, ouvrez les rangs ; c'est ça l'histoire à

---

[3] Manière traditionnelle de conter une histoire devant un public.

Tipite Vallerand. » Si ces formules sont à rapprocher du
« Il était une fois » et du « Ils vécurent heureux et eurent
beaucoup d'enfants » qui se trouvent dans le conte merveilleux, il faut rappeler que des formules semblables
avaient cours en France. Au XIXe siècle, les marins français commençaient leurs contes par un dialogue avec
l'auditoire :

> Conteur : « Cric ! »
> Auditoire : « Crac ! »
> Conteur : « Sabot ! »
> Auditoire : « Cuillère à pot ! »
> Conteur : « Soulier de Dieppe ! »
> Auditoire : « Marche avec ! »

> Conteur : « Marche aujourd'hui, marche de-
> main, à force de marcher on fait
> beaucoup de chemin. Pourvu qu'on
> ne tombe pas le nez dans la pous-
> sière, on n'a pas besoin de se débar-
> bouiller. »

Et le conteur concluait sur une formule tout aussi caractéristique :

> « Plus vous direz, plus vous menti-
> rez. Personne ne m'avait payé pour
> vous dire la vérité. »

Ou encore :

> « Une fois, deux fois et puis trois. Il
> était mille et une fois une histoire qui

n'existait pas. Vous venez de bien l'écouter ; ainsi elle a pu exister. »

Entre le début et la fin du conte, le conteur n'oublie pas son auditoire. Il l'interpelle pour maintenir son attention. Il dialogue avec lui. Parfois même c'est l'auditoire qui apostrophe le conteur, comme dans *Le loup-garou*.

En plus des formules caractéristiques, il y a un temps et un cérémonial du contage. Dans ses *Mémoires intimes*, Fréchette fournit des indications sur le moment et les circonstances du contage.

> *Souvent, les soirs d'automne et d'hiver – car Jos Violon n'allait plus « en hivernement » – il y avait* veillée de contes *chez quelque vieux de notre voisinage, et nous allions écouter les récits du vétéran des chantiers, dont le style pittoresque nous enthousiasmait. [...] il n'était pas question pour moi d'assister à ces réunions sans être bien et dûment chaperonné [...].*

> *L'été ces réunions avaient plus d'attraits encore.*
> *À quelques arpents en aval de chez nous, dans un enfoncement de la falaise encadré de noyers gigantesques, [...], il y avait un four à chaux [...]. Les abords en étaient garnis de bancs de bois ; et c'était là qu'avaient lieu les rendez-vous du canton pour écouter le narrateur à la mode. Quand les sièges manquaient, on avait tôt fait d'en fabriquer à même des longs quartiers de bois destinés à entretenir la fournaise ardente. Là, dès la brune, on arrivait par escouades : les femmes*

avec leur tricot, les hommes avec leurs pipes, les cava-liers *avec leurs* blondes *bras dessus, bras dessous, la joie au cœur et le rire aux dents. Chacun se plaçait de son mieux pour voir et pour entendre ; les chauffeurs fourgonnaient la flambée en faisant jaillir des gerbes d'étincelles, et bourraient la gueule du four d'une nouvelle attisée de bois sec ; les pétillements de la braise résonnaient comme des décharges de mousqueterie ; et c'était un vrai spectacle que toutes ces figures rieuses sur lesquelles, au fond de cet entonnoir sombre, la grande bouche de flamme jetait alternativement ses lueurs douces ou ses fulgurantes réfractions, tandis que l'ombre des chauffeurs se dessinait tragique et géante sur l'immense éventail lumineux projeté dans le lointain. Un étranger, qui aurait aperçu cela en passant sur le fleuve, aurait cru assister à quelque diabolique fantasmagorie, à quelque évocation mystérieuse du domaine féerique.*

L'écriture

Puisque dans le conte un narrateur-conteur raconte oralement ce qui lui est arrivé, l'écriture en est spécifique. Écrire un conte consiste donc à reproduire l'oralité de la parole. Ainsi, les phrases courtes, les paragraphes brefs, la présence fréquente de dialogues, le vocabulaire simple sont des caractéristiques de l'écriture du conte. Dans les contes où le conteur fait partie de la classe populaire, Fréchette choisit de reproduire la variété de langue utilisée par ce conteur. Pour ce faire, certaines des caractéristiques de l'oral sont reproduites dans l'écrit : absence du *ne* dans la négation ; absence du *e* ; remplacement des pronoms *il* ou *elle* par *y* ou *a* : « Y en avait comme ça une ruban-belle » ; utilisation du *on* pour *nous* : « on finit toujours par être hors de vue » ; disparition du sujet : « faut pas rire » ; mise en relief : « Seulement, le grand Crisse avait c'te histoire-là sus le cœur, lui », par exemple. Il y a aussi des caractéristiques de la langue québécoise populaire de l'époque dont les particularités phonétiques suivantes : élision du [r] et du [l], *leux* pour *leur*, *sus* pour *sur*, *què-que* pour *quelque* ; élision de la deuxième consonne en fi-nale de mot, *vot'* pour *votre*, *aut'* pour *autre*, *correc'* pour *correcte* ; inversion du *re* en début de mot, *erligieuse*, etc. Sur le plan morphologique, la conjugaison des verbes se particularise : « j'avions », « assire », « faulait », « rega-gnis ». Sur le plan lexical, l'utilisation des québécismes, ces faits de langue propres au Québec, est systématique. Les québécismes originaires du fonds français (ber-lot, cabarouette, aveindre, dégoiser, etc.) et les québécis-mes d'emprunt, ici essentiellement les anglicismes (*brick*, *fun*, *foreman*, *diable-bleu*, *squall*, *twist*, etc.) foison-nent.

LE MONDE ILLUSTRÉ

ABONNEMENTS :
Un an, $2.00 · · · Six mois, $1.50
Quatre mois, $1.00, payable d'avance
Fonds dans les dépôts · · · 5 cents la copie

15me ANNÉE, No 751. — SAMEDI, 7 MAI 1898
BERTHIAUME & SABOURIN, Propriétaires
Bureaux : No 42, PLACE JACQUES-CARTIER, MONTRÉAL

ANNONCES :
La ligne, par insertion · · · 10 c.
Insertions subséquentes · · · 5 c.
Tarif spécial pour annonces à long terme

MGR LOUIS-NAZAIRE BÉGIN, Archevêque de Québec

*C'est dans ce journal que Louis Fréchette publia, pour la première fois,
nombre de ses contes.*

LE FANTASTIQUE

La définition

Les frontières du fantastique sont le merveilleux et la science-fiction. Le merveilleux évacue le réel et se construit un monde, régi par ses propres règles, ses propres lois. Que ce soit l'univers des *Mille et Une Nuits* ou ceux des frères Grimm, de Charles Perrault ou d'Andersen, aucun n'observe les règles du réel. Chaque monde créé obéit aux siennes propres. *La Belle au bois dormant* se réveille après cent ans, la caverne d'*Ali Baba et les quarante voleurs* s'ouvre et se ferme au rythme des « Sésame, ouvre-toi ! » À l'autre extrémité se trouve la science-fiction dont l'univers est celui de la science et de la technique. Elle imagine la réalité de demain. Dans *De la Terre à la Lune* (1865) de Jules Verne, le père de la science-fiction, aller sur la Lune est ce qui sera. Dans *1984*, George Orwell décrit en 1949 ce que sera selon lui la réalité des années 1980, alors que l'État exercera son pouvoir absolu sur les gens et sur leur vie. Entre merveilleux et science-fiction s'insère le fantastique.

La plupart s'entendent pour définir le fantastique comme l'apparition du surnaturel dans le réel. Pour Castex, il est une « intrusion brutale du mystère dans le cadre de la vie réelle[1] » ; Roger Caillois parle de « rupture

---

[1] P.-G. Castex, *Le Conte fantastique en France de Nodier à Maupassant*, Paris, Corti, 1951, p. 8.

de l'ordre reconnu, [d']irruption de l'inadmissible au sein de l'inaltérable légalité quotidienne[2] ». Todorov[3] enfin le résume ainsi :

> *Dans un monde qui est bien le nôtre, celui que nous connaissons, sans diables, sylphides, ni vampires, se produit un événement qui ne peut s'expliquer par les lois de ce même monde familier. Celui qui perçoit l'événement doit opter pour l'une des deux solutions possibles : ou bien il s'agit d'une illusion des sens, d'un produit de l'imagination et les lois du monde restent alors ce qu'elles sont ; ou bien l'événement a véritablement eu lieu, il est partie intégrante de la réalité, mais alors cette réalité est régie par des lois inconnues de nous. Ou bien le diable est une illusion, un être imaginaire ; ou bien il existe réellement, tout comme les autres êtres vivants : avec cette réserve qu'on le rencontre rarement.*
>
> *Le fantastique occupe le temps de cette incertitude ; dès qu'on choisit l'une ou l'autre réponse, on quitte le fantastique pour entrer dans le genre voisin, l'étrange ou le merveilleux. Le fantastique, c'est l'hésitation éprouvée par un être qui ne connaît que les lois naturelles, face à un événement en apparence surnaturel.*

---

[2] R. Caillois, *Images, images*, Paris, Corti, 1966.

[3] T. Todorov, *Introduction à la littérature fantastique*, Seuil, 1970.

Les contes fantastiques de Fréchette

Dans plusieurs contes de Fréchette, surtout ceux du recueil *Masques et Fantômes*, dont le titre est significatif à cet égard, le surnaturel s'insère dans le réel et, en cela, ce sont donc des contes fantastiques. Ils ont pourtant ceci de particulier que, chez le héros fréchettien, l'incertitude entre la réalité ou l'illusion du phénomène surnaturel, caractéristique du fantastique selon Todorov, ne dure pas. L'état de déséquilibre, où le fantastique prend sa source, est de courte durée et ne marque presque jamais de façon significative l'état psychique de celui qui perçoit le phénomène fantastique. La deuxième particularité des contes fantastiques de Fréchette est que, dans certains contes, le narrateur voit, dans la présence du surnaturel, tout simplement un effet de la crédulité populaire. Ce sont alors des contes qui se raccrochent au folklore, aux croyances populaires, à la légende. Dans les autres contes, le narrateur laisse sous-entendre que la science finira par trouver une explication au phénomène fantastique. En effet, à plusieurs reprises il fait un acte de foi en la science, la considérant comme capable de trouver à plus ou moins longue échéance une solution à ce qui actuellement semble surnaturel. Il est de ceux « qui croient aux futures découvertes de la science et [qui] se gardent bien de nier d'emblée tout ce qu'elle n'a pas encore pu expliquer », affirme le narrateur dans *Le rêve d'Alphonse*. La troisième particularité du conte fantastique chez Fréchette, c'est que la fin vient fréquemment expliquer le phénomène mystérieux, souvent de façon triviale, parfois avec une note comique. Chaque fois, cela tue la tension qui donne naissance au fantastique. Chez Fréchette, la tonalité fantastique est parfois remplacée par les tonalités réaliste et comique.

Les contes fantastiques de Fréchette se divisent donc en deux grandes catégories. La première comprend ceux où l'être ou le phénomène surnaturel représente le diable, le malin : loups-garous, feux follets, bêtes à grand-queue, hères, lutins, etc. La plupart de ces contes ont comme conteur une personne d'un certain âge qui fait partie de la classe populaire. Âge et niveau social expliquent la crédulité dont le conteur ou le héros font preuve. Souvent, le conte se termine sur des indications qui expliquent le supposé fait surnaturel. Il s'agit de contes tirés du folklore québécois. La plupart sont liés à la religion catholique : la présence du malin s'explique par la transgression d'un quelconque précepte du catholicisme. Dans ces contes, Fréchette se fait presque folkloriste.

> [Ils] ont ceci de particulier que les dires du conteur y sont toujours plus ou moins tournés en ridicule par le narrateur (Fréchette), et que l'inexplicable, par conséquent, n'y est dû qu'à la crédulité du conteur et de ses auditeurs, crédulité dont le narrateur se gausse volontiers d'ailleurs, puisqu'il sait, lui, de quoi il en retourne du supposé fantastique, qui n'est rien d'autre à ses yeux qu'un effet de l'ignorance. À ce groupe appartiennent notamment les contes de Jos Violon, et en général tous les récits dont le personnage est un homme du

peuple ou un enfant. Ces contes n'ont aucun propos
« fantastique », leur but étant d'illustrer le caractère
superstitieux, arriéré, « non instruit », des « hommes
primitifs » qui composent la masse du peuple[4].

La seconde catégorie représente un être ou un phénomène surnaturel, relié au paranormal : revenants, bruits
inexplicables, objets qui bougent, rêves prémonitoires,
etc. Dans de tels cas, Fréchette quitte la tradition pour le
modernisme du XIXe siècle. Le conteur rajeunit, sa classe
sociale change. Il devient médecin, curé, militaire, souvent dans la force de l'âge. La lutte contre le malin se laïcise et devient la lutte contre l'inexplicable. Le conte se
termine parfois sur des indications qui expliquent le
supposé fait surnaturel.

[Il existe] un deuxième groupe de récits, racontés
ceux-là, non plus par des gens du peuple, mais par des
personnes sérieuses, dont l'autorité, la lucidité et la
bonne foi ne sauraient être contestées, puisque ce sont
des curés, des médecins, des notaires, des soldats, des
amis du narrateur ou le narrateur lui-même. Ce fan-
tastique bourgeois, qui tourne toujours autour du
thème de la prémonition, a ceci d'assez spécial que
c'est un fantastique provisoire, c'est-à-dire dont le nar-
rateur sait (et prévient) qu'il sera résolu et annulé par
les progrès futurs de la science, ce qui est une façon en-
core là de le désamorcer[5].

---

[4] F. Ricard, « La liquidation de l'héritage populaire », *Le Devoir*,
     9 avril 1977.
[5] *Idem.*

Les thèmes

Les thèmes des contes fantastiques de Louis Fréchette se répartissent en fonction de la catégorie du conte, en somme du conteur : il y a ceux qui font appel à la légende, au folklore, et ceux qui se réfèrent plutôt au paranormal, à la parapsychologie. Les premiers thèmes se retrouvent dans les contes où le conteur fait partie de la classe populaire (vieille femme, Jos Violon, cocher, etc.), tandis que les seconds sont à l'honneur quand le conteur fait partie d'une classe sociale plus élevée (curé, avocat, militaire, etc.) : d'un côté donc loups-garous, chasse-galerie, feus follets et fantômes, et de l'autre, *poltergeist*, rêves prémonitoires et revenants.

Poltergeist

Poltergeist est un mot d'origine allemande, formé de *polterer*, qui veut dire « tapageur », et de *geist*, qui signifie « fantôme ». Il « désigne la manifestation d'un esprit, en général mauvais, appelé aussi "esprit frappeur", qui produit des bruits dans une maison. Il peut également lancer des pierres, déplacer des meubles, provoquer des accidents ou des incendies, etc. ». « Ces phénomènes qui caractérisent ce que l'on appelle couramment "maisons hantées" remontent à l'Antiquité ». « De nombreux cas de poltergeist ont été signalés au cours des siècles. [...] En 1968, le cabinet d'un avocat de Munich fut le théâtre d'étranges phénomènes : l'encre de la photocopieuse déborda sans raison, les lampes électriques éclatèrent, se dévissèrent toutes seules, les tiroirs s'ouvrirent, des explosions se firent entendre, les téléphones sonnèrent sans correspondant, etc. » « Attribués au démon par l'Église, à la supercherie par les rationalistes, ces phénomènes semblent être liés à des états psychologiques particuliers ». « Presque toujours des enfants et des jeunes filles plus ou moins hystériques sont à l'origine de ces manifestations[6] ».

Rêves prémonitoires

On appelle « prémonitoires » les rêves qu'au réveil on se rappelle avec précision. Ils annoncent des faits précis. Ainsi, l'un des fils de Dante a retrouvé les pages manquantes de *La Divine Comédie*, grâce à un rêve prémonitoire dans lequel son père lui indiquait l'endroit où elles se trouvaient. En avril 1912, « un pasteur canadien rêva de vagues énormes, d'un chœur qui chantait un hymne : peu de temps après, il apprenait le naufrage du *Titanic*[7]. »

L'inverse a aussi été signalé, c'est-à-dire le retour vers le passé. Pour Einstein, la personne à qui cela arrive « a trébuché dans le temps comme d'autres ratent une marche d'escalier ». Son disciple, le savant anglais John W. Dunne, explique qu'il existerait « non pas *un temps qui passe*, et où chaque instant s'abolit aussitôt vécu comme nos sens et notre intelligence tendent à nous le faire croire, mais [...] un temps où coexistent présent, passé et avenir, [...] un *temps total* ou *temps sériel*, dont nous ne percevons, comme par une étroite lucarne, qu'une très courte portion appelée *maintenant*. Or [...] il arrive que des individus, sans le vouloir, aient un contact avec le *temps sériel* et vivent des scènes de l'avenir et du passé[8] ».

[6] É. Mozzani, *Le Livre des superstitions*, Paris, Robert Laffont, 1995, coll. « Bouquins ».
[7] *Idem.*
[8] *Idem.*

Fantômes et revenants

Selon certains, le fantôme aurait une silhouette moins précise que le revenant et serait plus maléfique que ce dernier. La croyance aux morts qui reviennent hanter les vivants, le plus souvent dans la nuit du 1er au 2 novembre, est universelle. En règle générale, les fantômes et revenants sont morts assassinés, se sont suicidés ou ne sont pas morts en état de grâce. S'ils reviennent sur terre, c'est pour racheter une faute qu'ils ont commise. Par exemple, pour avoir refusé l'hospitalité à un voyageur, *Le Fantôme de l'avare* dans le conte d'Honoré Beaugrand et, pour avoir eu des mauvaises pensées en disant sa messe, le curé de *La messe du revenant* dans le conte de Fréchette doivent revenir sur terre pour tenter de racheter leur faute. L'exorcisme ou encore l'accomplissement d'une dernière volonté non respectée sont les deux façons de se débarrasser des fantômes et des revenants. Certains annoncent la mort de celui à qui ils apparaissent. Plusieurs personnages célèbres ont été vus après leur mort. Ainsi, Abraham Lincoln hanterait la Maison-Blanche. Au début du siècle la statue de la Liberté était hantée, au dire de plusieurs marins. En 1972, « un avion américain s'écrasa dans les Everglades. Quelque temps plus tard, l'équipage d'un avion des Eastern Airlines déclara avoir vu les spectres du commandant de bord et de l'ingénieur qui avaient péri dans la catastrophe : son appareil faisait partie de ceux sur lesquels on avait installé des pièces provenant de l'avion qui s'était écrasé[9] ».

---

[9] É. Mozzani, *Le Livre des superstitions*, Paris, Robert Laffont, 1995, coll. « Bouquins ».

Loup-garou

Le terme loup-garou signifie « loup dont il faut se garder » ou « gardez-vous ». Appelé aussi « ganipote » en Saintonge, « varou » ou « haire » en Normandie, « bisclaveret » en Bretagne, « bête à grand-queue » ou «hère» au Québec, le loup-garou est un mécréant qui, depuis sept ans, n'a pas fait ses Pâques, c'est-à-dire n'a pas communié durant le temps pascal, ou a refusé d'accomplir l'un de ses devoirs religieux, comme payer la dîme ou aller à la messe de minuit. Le moyen de se débarrasser d'un loup-garou est de faire couler son sang en traçant une croix avec un couteau sur son front, en rappel du baptême. « Au XIXe siècle, les médecins considéraient la lycanthropie comme une maladie mentale. Il est admis aujourd'hui que les loups-garous étaient des malades, des déments, des criminels sadiques, souvent pauvres et qui tuaient pour se nourrir ainsi que leur famille[10] ».

Chasse-galerie

Selon une légende poitevine, Gallery, un seigneur méchant envers ses paysans, ayant poursuivi sa chasse durant la messe dominicale fut condamné par le Tout-Puissant à chasser éternellement. C'est cette légende aux diverses versions apportée par les premiers Français saintongeais et poitevins qui, transformée par les conditions de vie du XIXe siècle québécois, a donné naissance à la chasse-galerie québécoise. Cette légende populaire a connu plusieurs versions littéraires dont la plus célèbre est celle d'Honoré Beaugrand, publiée dans *La Patrie* du 31 décembre 1891. « En hivernement », selon le mot de

---

[10] É. Mozzani, *Le Livre des superstitions*, Paris, Robert Laffont, 1995, coll. « Bouquins ».

Jos Violon, dans l'arrière-pays québécois d'alors, les bûcherons rêvent d'aller rejoindre leurs blondes. Seule la chasse-galerie, un canot d'écorce qui vole à cinquante lieues à l'heure, le leur permet. Ils pactisent donc avec le diable : « Satan ! roi des enfers, nous te promettons de te livrer nos âmes si d'ici à six heures nous prononçons le nom de ton maître et du nôtre, le bon Dieu, et si nous touchons une croix [clocher] dans le voyage. À cette condition tu nous transporteras, à travers les airs, au lieu où nous voulons aller et tu nous ramèneras de même au chantier ! »

L'écriture

Généralement, les contes fantastiques sont écrits *à la première personne.* Puisqu'il s'agit de rendre crédible l'intrusion du surnaturel dans le réel, les faits en question doivent être racontés par qui les tient de première source. Voilà pourquoi la technique du récit encadré est fréquemment utilisée. Par cette technique, le narrateur rend plus facile pour le lecteur le fait de croire au fantastique, puisque celui qui a vu le phénomène le raconte lui-même. Dans *Le rêve d'Alphonse*, le narrateur passe ainsi la main à son ami Alphonse Le Duc qui va raconter son rêve prémonitoire. Dans le cas des contes fantastiques de Fréchette, qui mettent en scène un phénomène fantastique qui s'explique par la crédulité populaire, l'utilisation de la langue populaire crée une distance entre le *je* narrateur et le *je* conteur. Cette technique permet au narrateur de se dissocier. Un conteur comme Jos Violon peut être crédule, mais pas le narrateur.

Pour que le fantastique naisse, il faut que l'**état physique et psychologique** du héros en favorise l'apparition. Par exemple, toujours dans *Le rêve d'Alphonse*, la situation toute particulière du héros, à la veille de participer à la fameuse bataille de Sabine Cross Road, sa peur, ses « pressentiments désagréables », le « hot scotch », son sommeil sont propices à une manifestation du fantastique. « Beaucoup de situations favorables au fantastique sont associées à une sorte d'état second. Fatigue, fièvre, état d'ivresse, somnolence, drogues conduisent le héros à la limite de la conscience, dans l'incertitude entre la veille et le sommeil[11]. »

Pour les mêmes raisons le récit fantastique fait appel à des **éléments spatiotemporels caractéristiques.** Généralement, il est situé dans des lieux excentriques, isolés, déserts : chantier, cimetière, maison abandonnée, par exemple. Le temps est un peu toujours le même, le soir, minuit, la nuit. Les conditions atmosphériques jouent aussi un rôle ; elles expliquent l'illusion fantastique, une tempête, par exemple, ou encore le brouillard.

---

[11] *Littérature 2ᵉᵈ*, Paris, Hatier, 1993.

Quelques jugements

En somme, si l'on reproche à l'œuvre en prose de Fréchette un peu de négligence et de vulgarité dans la langue, et de désordre dans la composition ; si cette œuvre ne se distingue ni par la richesse des idées ni toujours par la distinction de l'esprit, il faut lui reconnaître une certaine saveur familière du style, le réalisme, le relief, le pittoresque et parfois l'ampleur de la description ; l'allure vive de plusieurs récits, la fine ironie qui perce çà et là, et surtout un sentiment profond de tendresse et de pitié.

Albert Dandurand, « Fréchette prosateur » *L'enseignement secondaire au Canada*, janvier 1927, p. 532.

Dans ses histoires de chantiers, Fréchette expose tout son répertoire d'humour et d'esprit. Son raconteur inimitable, Jos violon, avait toujours le mot pour rire. Il blaguait sur tout. Chaque expression, chaque juron était désopilant. Le vieux bûcheron « canayen » n'avait qu'à se racler la gorge pour que toute la jeunesse de Hadlow Cove accourût en foule. L'auditoire s'asseyait, bouche bée, sur les piles de bois d'équarrissage autour de lui et « voilà le fun commencé » ! [...]

Son emploi du parler populaire assaisonné d'épithètes savoureuses et d'anglicismes amusants ne manquait pas de divertir son auditoire. Il parlait du « chanquier », des « danseux », de la « gang ». Ses récits étaient enjolivés de bons mots, de locutions bizarres, de métaphores comiques, de jurons ridicules, de quolibets malins, de plaisanteries hilares à s'en tenir les côtes.

George A. Klinck, *Louis Fréchette prosateur. Une réestimation de son œuvre*, 1955, p. 137-138.

Jos Violon joue savamment de toutes les ficelles, organise et distribue les épisodes, ménage le suspense, interpelle sans cesse « les enfants » et compte sur la connivence ainsi acquise pour accentuer le caractère également vrai ou faux du conte. [...]

En conteur malicieux, il lui arrive de s'amuser avec les enfants, à qui il fait part de la véritable explication des faits [...]. Le surnaturel n'existe plus alors que dans l'esprit de ces « pauvres diables », qui ont un jour éprouvé « la peur de leur vie », victimes non pas du diable mais d'une diablerie d'un de leurs camarades [...]. Ironie du sort, le mauvais tour devient punition à cause d'une attente de la punition de la part des personnages, les plus croyants ou crédules étant comme par hasard ceux qui ont osé transgresser davantage le code religieux. « Monsieur le curé » peut être content : il s'adjoint ainsi de nouveaux paroissiens et même des bedeaux. Mais Jos Violon lui-même semble, pour sa part, croire plus facilement aux manifestations du diable qu'à celles de Dieu. Et c'est ici qu'intervient l'auteur-narrateur Fréchette, qui se moque douce-ment – par-dessus l'épaule du conteur – des supersti-tions et croyances populaires.

Lise Gauvin, « Fréchette : des quiproquos dramatiques à l'ironie du conteur », *Livres et auteurs québécois,* 1974, p. 346.

[...] les contes de Fréchette s'ils accusent clairement leur âge ont moins vieilli que sa poésie et que son théâtre. On n'y trouve ni la « grandiloquence », [...], ni la pose, ni le lyrisme un peu pompier de *Véronica* ou de *La Légende d'un peuple,* mais au contraire, malgré les maladresses, les clichés et les facilités de toutes sortes, une vigueur, un naturel, un sens de l'humour qui rendent leur lecture aussi amusante qu'instructive.

François Ricard, « La liquidation de l'héritage popu-laire », *Le Devoir,* 9 avril 1977.

(Illustration de Henri Julien.)

BIBLIOGRAPHIE

Éditions récentes des œuvres de Louis Fréchette

Contes I. La Noël au Canada, préface de Maurice Lemire et de Jacques Roy, Montréal, Fides, 1974, coll. « Nénuphar ».

Contes II. Masques et Fantômes et les autres contes épars, préface d'Aurélien Boivin et de Maurice Lemire, Montréal, Fides, 1976, coll. « Nénuphar ».

Mémoires intimes, texte établi et annoté par Georges A. Klinck, Montréal, Fides, 1977, coll. « Nénuphar ».

La Noël au Canada, chronologie, bibliographie et jugements critiques d'Aurélien Boivin, Montréal, Fides, 1980, coll. « Bibliothèque québécoise ».

Originaux et Détraqués, Montréal, Boréal-Compact, 1992.

Satires et polémiques tomes I et II, édition critique par Jacques Blais, Luc Bouvier et Guy Champagne, Montréal, les Presses de l'Université de Montréal, 1993, coll. « Bibliothèque du Nouveau Monde ».

Sur le fantastique

Aurélien Boivin, *Le Conte fantastique québécois au XIXe siècle*, Montréal, Fides, 1987, coll. « Bibliothèque québécoise ».

Aurélien Boivin, *Le Conte littéraire québécois au XIXe siècle. Essai de bibliographie critique et analytique*, Montréal, Fides, 1975.

Aurélien Boivin, « La thématique du conte littéraire québécois au XIXe siècle », *Québec français*, n° 20 (décembre 1975), p. 22-24.

Roger Caillois, *Images, images*, Paris, Corti, 1966.

P.-G. Castex, *Le Conte fantastique en France de Nodier à Maupassant*, Paris, Corti, 1951.

Pierre DesRuisseaux, *Dictionnaire des croyances et des superstitions*, Montréal, Tryptique, 1989.

Éloïse Mozzani, *Le Livre des superstitions*, Paris, Robert Laffont, 1995, coll. « Bouquins ».

T. Todorov, *Introduction à la littérature fantastique*, Paris, Seuil, 1970.

Sur la langue

Léandre Bergeron, *Dictionnaire de la langue québécoise*, Montréal, VLB, 1980.

Société du parler français au Canada, *Glossaire du parler français au Canada*, Québec, les Presses de l'Université Laval, 1968.